デウスの棄《す》て児《ご》

A Child Abandoned by Deus

嶽本野ばら

Novala Takemoto

LOVVADO◦SEiAOSÃCTiSSiM◦SACRAMENTO

小学館

デウスの棄て児

A Child Abandoned by Deus

嶽本野ばら

装幀　松田行正
編集　小林潤子／菅原朝也

♯1　葡萄牙

私を衝《つ》き動かしてきた、私の生きる原動力となってきたものを、今となっては正直に告白しなければなりますまい。それは神、つまりは天主《デウス》への憎しみ。この世界を創造し、摂理を生み出した全能の天主《デウス》なるものが事実存在するならば、私はそのものに復讐《ふくしゅう》を企《くわだ》てる為《ため》だけに心血《しんけつ》を注《そそ》いできたのです。

葡萄牙《ポルトガル》という異国で私は生まれました。
葡萄牙《ポルトガル》は天文《てんぶん》十八年、イエズス会のフランシスコ・ザビエルという一人の宣教師を薩摩《さつま》に乗り込ませ、基督《キリスト》教の教えを最初に日本に伝えたとされる国です。が、この日本にはもっと古くから基督《キリスト》教は伝来していました。遡《さかのぼ》れば応神《おうじん》天皇の頃《ころ》、猶太《ユダヤ》から大量の猶太《ユダヤ》人達が、原始基督《キリスト》教の教えを慣習と共に携《たずさ》え、この国にやってきています。彼らは技能集団であり、その建築や織物に関する技術は朝廷からも高い評価を得ました。彼らはやがて「秦《はた》」という氏《うじ》を与えられ、そのままこの国の民《たみ》として同化していったのです。秦氏《はたし》は自分達の持つ優れた技術だけをこの国に根付かせたのではありません。当然、自分達の信仰もまた、定着させようとしました。その頃、この国は信仰に対し、非常に寛大、というより無関心でした。ですから、秦氏が巧みに、既《すで》に神道《しんとう》や仏教が主流となったこの国に自分らが拠《よ》り所《どころ》にする原始基督《キリスト》教の真髄をこっそり滑り込ませるのは簡単な作業だったのです。京には蚕《かいこ》の社《やしろ》という神社があります。秦氏はそこに三位一体《さんみいったい》を意味する三本柱の奇妙な鳥居を作りました。広隆寺《こうりゅうじ》の弥勒菩薩《みろくぼさつ》を製作した際には、姿形は菩薩ながら、それに基督《キリスト》としての意味を与える細工を施しました。が、元来、信仰を軽《かろ》んじてきた日本の国の人々は、それらの秦氏の行為に全く頓着《とんちゃく》しなかったのです。

　秦氏は己《おのれ》らの信仰を、神道や仏教を駆逐《くちく》してまで流布《るふ》させようとはしませんでした。彼らの遣《や》り方は実に賢明でした。故《ゆえ》に彼らは歴史の中で何の軋轢《あつれき》も起こさず、この国の人々と共存することが出来たのです。ザビエルをこの国に送り込んだ葡萄牙《ポルトガル》は、そのようにしてこの国に基督《キリスト》教の基盤があることを承知していました。ぞんざいとはいえ神道、仏教による宗教的秩序が確立された国に、価値観の違う新たなる宗教を正面から持ち込むのは、かなり勇気のいる行為です。秦氏のようにさり気なく、風土、慣習、制度に迎合《げいごう》しながら自分達の神を挿入《そうにゅう》していく方が、流布の方法としては遙《はる》かに効果的であり安全です。しかし葡萄牙《ポルトガル》は、その方法を採《と》らず、宗教戦争が起こる危険も踏まえながら、敢《あ》えて、ザビエルに信仰するべきは貴方《あなた》達のまだ知らぬ自分達の神であると説かせたのです。

何故《なにゆえ》に葡萄牙《ポルトガル》はそのような暴挙に出たか。そこには葡萄牙《ポルトガル》国王と、その後ろで糸をひく羅馬《ローマ》教皇の野望が存在したのです。葡萄牙《ポルトガル》国王は東洋を手中に収めることを計画していました。その為には秦氏がこの国にやってきた時のように新しい技能や知識を持って渡来するだけでは意味がなかったのです。圧倒的に優位な物資や教養を持ち込むだけでは、小さな貿易国が一つ出来るに過ぎない。それと共にそれらの文化が成立するに至った宗教、精神をも押し付けなければ、国は掌握出来ぬ。それが葡萄牙《ポルトガル》国王の考えでした。

ザビエルがどれだけ、国王の政治的意図を知っていたかは解《わか》りません。ザビエルは聖職者として純粋に伝道だけを目的に熱心な布教をし続けたのかも知れません。しかしその裏では、葡萄牙《ポルトガル》という国とこの国との間で営利的な、凡《およ》そ、信仰の精神とは関係のない物質的な欲望の駆け引きがなされていたのです。きらびやかな装飾品や珍重《ちんちょう》な食糧を手土産《てみやげ》に、葡萄牙《ポルトガル》は見事にこの国を懐柔《かいじゅう》し、時の天下人《てんかびと》、豊臣秀吉《とよとみひでよし》の好奇心、野望、欲情を煽《あお》り、友好的な貿易国としての契《ちぎ》りを交わしました。これに乗じて後《のち》、フランシスコ会やドミニコ会も、また政治的使命を背負いながら渡来することになるのですが、それらのことを語っている暇は、今の私にはありますまい。

葡萄牙《ポルトガル》は、羅紗《ラシャ》、天鵞絨《ビロード》という生地で作られた豪華絢爛《けんらん》な衣装をこの国を訪れる外商の者達に纏《まと》わせ、如何《いか》に南蛮《なんばん》の文化が優れたものであるかを知らしめることを忘れませんでした。当時、葡萄《ポルト》牙《ガル》では、襟は立襟《たちえり》、上着は袖《そで》が膨《ふく》らんだもの、脚衣《ズボン》は異常にゆとりを持たせた北方型の軽衫《カルサン》、そしてそれらの上に金や銀で鮮やかに贅《ぜい》の限りを尽くして織り込んだ装飾過剰なマントを羽織《はお》ることが位の高いものの衣装として流行していました。葡萄牙《ポルトガル》の国王は、宣教師を始め、身分が相応でなくとも渡来する全ての人々にそのような豪奢《ごうしゃ》な出《い》で立《た》ちをさせました。これらの着衣がどれほど秀吉を始め、数多《あまた》の戦国武将達を刺激したか。多くの力のある武将達は、こぞってこれらの南蛮の衣装を求め、模倣《もほう》しました。鎧《よろい》、陣羽織《じんばおり》などにも南蛮文化は採り入れられました。用途とは関係なく着物の袖口に釦《ボタン》（それまでこの国に釦は存在しなかった）を馬鹿馬鹿しい程に沢山《たくさん》付けてみたり、着物の襟を無理矢理、立襟っぽく仕上げることに戦《いくさ》の猛者《もさ》達は心を砕きました。

衣装の素材となる日本にはなかった天鵞絨《ビロード》などを商《あきな》う葡萄牙《ポルトガル》の商人達は、この国の武将達や富を有する者達の加熱する南蛮文化への憧《あこが》れのおかげで、懐《ふところ》を温かくしました。そして商人として、事実上、異国に於《お》いて半端《はんぱ》な武将や皇族をも凌《しの》ぐ権力を有するようになるのです。天正《てんしょう》十五年、全国を統一した秀吉は、自らを神格化したいが為、一神教である基督《キリスト》教の教えを説く宣教師達を国外追放しようとし、伴天連《バテレン》追放令なるものを発令しますが、彼もまた南蛮からのさんざめく渡来品に眼《め》がなかった武将の中の一人でしたから、その追放令は徹底せず、切支丹《キリシタン》大名や切支丹の数は増加するばかり、特に肥前国《ひぜんのくに》では直接、宣教師と触れ合う機会が多いこともあり、所領民の殆《ほとん》どが熱心な切支丹となりました。

切支丹《キリシタン》の迫害が今のように非道《ひど》くなり始めたのは、政権が徳川《とくがわ》に移行してからのことでした。家《いえ》康《やす》が政権を握った頃、肥前国の有馬《ありま》の領主であった有馬晴信《ありまはるのぶ》の朱印船《しゅいんせん》が、葡萄牙《ポルトガル》とこの国とが貿易の中継点として用いていた阿媽港《マカオ》で、積荷を巡り諍《いさか》いを起こしたことが基督《キリスト》教排除の最初のきっかけになったといわれています。数々の土地を支配してきた葡萄牙《ポルトガル》は、こんな小さな島国など一介の従国に過ぎぬと認識していたのです。庶民が使うような安物のギヤマンの盃《はい》を見せただけで神妙な顔つきになるこの国の者達は、彼らからすれば野蛮な民でしかありませんでした。何《いず》れは完全に支配するつもりの国、その国の者と、従って葡萄牙《ポルトガル》人は最初から、正当な貿易をしようなどとは考えていなかったのです。この国の貿易に携わる人々と、葡萄牙《ポルトガル》の人々との間での意識のずれが火種となり大きな事件を引き起こすのは時間の問題だったといえます。――晴信の朱印船に載《の》せた荷を数名の葡萄牙《ポルトガル》の船員達が強奪しようとし、朱印船の乗組員と葡萄牙《ポルトガル》人の間で諍《いさか》いが起こります。この時、晴信の朱印船の乗組員は六十名余、殺害されたときます。以降、信長《のぶなが》、秀吉らと違い、南蛮の珍しい品々に目眩《めくらま》しを受けず、葡萄牙《ポルトガル》の脅威を冷静に感じていた家康は、本格的な基督《キリスト》教迫害への準備を始めます。富を蓄え、様々な品物を持ち込み、自分達の国の習慣や信仰を流布させ、この国の中で日増しに力を付けていく葡萄牙《ポルトガル》人を始め、西班牙《スペイン》人などの異国の者達の台頭を家康は食い止めなければと考えていました。しかし鎖国《さこく》をしてもそれらの国との貿易を全くなくすることは、政治的にも経済的にも無理でした。そんなことをすれば貿易による利潤を唐突に失った国々は、一気にこの国を襲う。だから制限を設《もう》けた上で貿易は続けよう。しかし異国の思想をこの国に蔓延《まんえん》させることは避けなければならない。幕府は貿易国と、貿易に関する利益は保証する代わりに、基督《キリスト》教の布教は一切《いっさい》認めないという外交の交渉を成立させました。国が乗っ取られない為の、幕府としても考え抜いた末の苦肉の結論でした。葡萄牙《ポルトガル》は国交を貿易のみに制限するなら、売る商品の値を倍に上げる、食糧や織物、工芸品なども含めた貿易品を民間に販売しても利潤が上がらない場合、幕府が最低限度の利益の保証をすることなどと一方的な厳しい条件を提示してきましたが、幕府はそれを呑《の》みました。

しかし葡萄牙《ポルトガル》のその高圧的な態度が、幕府を激昂《げっこう》させせぬ訳がありません。貿易こそ葡萄牙《ポルトガル》のいいなりになったものの、徳川幕府はその腹いせに、基督《キリスト》教の禁教令を出し、秀吉が伴天連《バテレン》追放令を出した時のようないい加減ではない、徹底的な切支丹《キリシタン》弾圧に乗り出しました。切支丹大名はことごとく棄教《ききょう》させられ、建設された教会は全て破壊されました。慶長《けいちょう》十八年には未《いま》だに根強い切支丹が残る肥前は口之津《くちのつ》で、幕府の命《めい》により七十名の信者が激しい拷問《ごうもん》を受けた後、殉教《じゅんきょう》を余儀なくされます。また元和《げんな》五年には京の七条河原《しちじょうがわら》で、見せしめの為に五十二名の切支丹達が火炙《ひあぶ》りに処されました。残忍な切支丹に対する処置は、幕府の葡萄牙《ポルトガル》やその他の国に対しての意思表明であったのです。切支丹狩りは年月を重ねるにつれ、常軌を逸したものとなっていきました。当初、幕府は切支丹狩りを異国に対する示威的処置として考えていました。が、どんなに虐待を加えようと棄教せず、棄教するならば殉教を選ぶという信者達の信仰の強さに、幕府は巧妙に作り上げた体制を根本から崩される一縷《いちる》の、しかし捨て置けぬ危険を憶《おぼ》えるようになってきたのです。弾圧すればする程に、切支丹の信仰の強さを目《ま》の当たりにすることになる。幕府の切支丹に対する怯《おび》えが、拷問や迫害をどんどんと狂気的なものへと発展させていったのです。

先に私は、自分は葡萄牙《ポルトガル》で生を享《う》けたと語りました。この国の年号でいえば、元和八年になる筈《はず》です。その頃《ころ》はもうかなり、切支丹《キリシタン》に対する弾圧が進み、表向きは日本に切支丹などいない、全ての切支丹は棄教《ききょう》したことになっていました。

私の父は農民ですが、元は益田甚兵衛好次《ますだじんべえよしつぐ》という小西行長《こにしゆきなが》の家臣でした。行長は、宇土《うと》に居城を持つ天草諸島《あまくさ》の領主で、熱心な切支丹《キリシタン》大名の一人でもありました。が、関ヶ原《せきはら》の合戦に於《お》いて西軍に付いたが故《ゆえ》に逆賊とされ、捕縛されます。彼は天主《デウス》の教えに従い、自害を拒み、京で斬首《ざんしゅ》されるに至ります。天草の近隣には、私の父のように、主人の死を契機に侍の身分を棄《す》て、棲《す》み慣れた地で農民として暮らすようになった者が沢山《たくさん》いました。土地は瘦《や》せていましたが皆、慎《つつ》ましく農作業にいそしみました。

私の父は侍であった時代、南蛮《なんばん》貿易の外商を長く行っていました。そのおかげで簡単な葡萄牙語《ポルトガル》なら操れるようになっていました。その才能を買われ、徳川の時代になり武士を捨て農民になってからも、父は時折、貿易の仲介役として、新しく天草を統治する為《ため》にこの地に外様《とざま》大名として入ってき、唐津《からつ》城の支城として冨岡《とみおか》城を築かせた唐津の藩主である寺澤堅高《てらざわかたたか》の許《もと》に呼ばれ、南蛮船との貿易交渉の手伝いをさせられていました。ですから、他の侍を棄てて農民になった者達よりも、多少、裕福であったそうです。

そうして農民になった後も、葡萄牙《ポルトガル》との貿易の仲介に関与していた父は、或《あ》る日、裕福な葡萄牙《ポルトガル》商人に妻を差し出さないかと寺澤の使いから訊《たず》ねられます。私の母は子供の私がいうのも妙ですが、とても妖艶《ようえん》で、常に不可思議な色香を漂わせている希有《けう》な女性でした。迷った挙句《あげく》、父は商人に母を譲り渡すことを決意します。南蛮船に乗せられ、私の母は一人、異国の地へと連れ去られました。

「貴方《あなた》の父親は、私にこういったわ。金が欲しくてお前を、葡萄牙《ポルトガル》の商人に渡す訳ではないのだ。只《ただ》、転んだとはいえ、私は元、小西行長様の家臣、切支丹《キリシタン》として常に寺澤堅高から執拗《しつよう》に監視されているのだ。寺澤の貿易を今もこんな身分に甘んじながら手伝っているのは、些細《ささい》な報酬が欲しいからではない。この天草、否《いや》、島原《しまばら》を含む棄教を余儀なくされた者達が、決して公儀に反逆心を持っていないことを知らしめる為なのだ。表面上は棄教したけれど、どうしても天主様《デウス》の教えに背《そむ》けぬ不器用な者達もいる。その者達に妙な詮議《せんぎ》が及ばぬよう、私は、時の権力に必要以上に従順な振りをしているのだ。ゆめゆめ、お前を渡すことは人身売買などと思うな。私も苦悩した。お前を譲渡することを。しかし私がそれを拒んだならば、私以外の者にも咎《とが》が及ぶだろう。寺澤は私の反抗的な態度の奥に、脈々と流れ続ける切支丹の精神を見出《みいだ》す。すれば、か弱き者、自分の心情を隠せぬ正直な者達が犠牲となる。どうか、天草の人々の為に、葡萄牙《ポルトガル》に行ってくれ。天主様《デウス》の御加護はきっとある――」

碧《あお》い眼《め》をした赤い縮れ毛の図体の大きな、母を手にした商人は、葡萄牙《ポルトガル》に船が着く迄《まで》に、母の身《から》体《だ》を毎日最低三度、求めたそうです。この商人こそが、真実の私の父親なのです。

「綺麗事《きれいごと》を並べようが、貴方《あなた》の父親、つまり益田甚兵衛好次は、小賢《こざか》しい計算をして私を商人に売り渡したのよ。貴方の実の父親であるマヌエルは、交渉の際、率直に条件を出したそうよ。寺澤が所望している金の大皿は、テンプル騎士団が用いていたもので、葡萄牙《ポルトガル》から門外不出のものである。元来は売買が出来ぬものであるこの皿を所望されるのであれば、葡萄牙《ポルトガル》の歴史を買うだけの金子《きんす》を用意して貰《もら》わなければならない。外様大名の寺澤にそんな大金を用意出来る訳はない。でも彼はその皿を幕府に献上すれば自分の位が上がると思い、どうしても入手したかったのよ。で、マヌエルと交渉を始めた。所詮《しょせん》は商人と殿様の交渉、寺澤はマヌエルの掌《てのひら》で見事に玩《もてあそ》ばれた。その皿がそれだけ由緒あるものである保証なんてないのに、寺澤は皿を諦《あきら》められなかった。ない袖《そで》は振れぬ寺澤に、マヌエルはいったの。益田甚兵衛好次の妻を貰い受けることが出来るなら、貴方に只《ただ》同然でこの品物をお譲りしよう。そこで寺澤は益田に、分不相応な金子を与えるとして、私を売れと命じた訳。益田は私にいろんなことをいい、葡萄牙《ポルトガル》人のものになることを承諾させようとした。皆の為、今も切支丹《キリシタン》として生きる人々の為に犠牲になってくれという益田の言葉は、最初からとても空虚に聞こえたわ。益田が決して自分の利益の為ではないと力説する程、ボロが露見していくの。どのみち、貴方は我が為に私を異国人に売るのでしょう、そしてささやかな金子を受け取りたいのでしょう。天主様《デウス》や基督教《キリスト》を出してくる必要が何処《どこ》にある。私は益田を見切り、恐かったけれど、葡萄牙《ポルトガル》人に売られることを了承したのよ。マヌエルが寺澤に売った皿はきっと大した価値のあるものではないでしょう。彼は最初から、この私を手に入れようと企《たくら》んで寺澤と交渉したのだから。商人は目的の為ならどんな嘘《うそ》でも平気で吐《つ》くわ。でもその嘘は、益田の切羽《せっぱ》詰まった嘘よりも爽快《そうかい》な嘘でしょ。少なくとも私はそう思う。益田は寺澤からどれだけの金子を受け取ったのかしらん。多分、欲の張り方も半端《はんぱ》な男、大した報酬は貰えなかったでしょうね」

葡萄牙《ポルトガル》に到着してから、母は南蛮商人の父、マヌエルから或る程度手厚い加護を受けました。暮らしは天草にいる頃よりよっぽど楽でした。働かなくとも豪勢な食事や着物が与えられる。マヌエルは妻子を抱えながらも、どうしても母が欲しかったようです。異国の地で母は、暇潰《ひまつぶ》しにとマヌエルから教えられたのでしょうか、阿片《アヘン》を道楽とし始めました。マヌエルの子供である私を孕《はら》んだ時、既《すで》に母は立派な阿片常習者でした。子供なんて出来たなら、貴方《あなた》は困るでしょう、海にでも飛び込んで孕んだ子を流しましょうかという母の提案に、マヌエルはそんなことは絶対にさせない、それは神を冒瀆《ぼうとく》する行為だと頑《かたく》なに反対しました。自らのふしだらな欲望の為、異国から人の妻を拉致《らち》した者が、堕胎に関しては神を畏《おそ》れ拒否するとは……。

マヌエルが人の妻だと知りつつも、母に心惹《ひ》かれ、罪悪だとは知りつつも母を奪わずにはいられなかったと考えるのは間違いです。確かにマヌエルは異国の不可思議な一人の女性の魅力に理性を喪失したのです。しかしマヌエルは母に愛情を抱いた訳ではありませんでした。美しく珍しい陶磁器があれば私財を擲《なげう》っても購入してしまう収集家と同じく、マヌエルは母に欲情し、その身体を欲したのです。マヌエルは主に陶磁器を商《あきな》う貿易商でしたが、商売を離れたところでも熱心な陶磁器の収集家でありました。マヌエルは母によくこういいました。「貴方《あなた》は東洋、西洋を旅して眼にしてきたどんな白磁よりも美しい」と。確かに母の発光しているかの如《ごと》く青白い肌は、子供の私でさえ触れるのが躊躇《ためら》われるくらいに時に妖《あや》しく時に崇高な無比なる美の創造物でした。西洋人に比べ日本の女性の肌は、一般に肌理《きめ》が非常に細かいようですが、母の肌の肌理の細やかさは異様の領域にありました。

母は何時《いつ》も南蛮から輸入され日本でも好んで着用されるようになった襦袢《ジユバン》（母が与えられる襦袢は常に真っ赤に染め上げられたものばかりでした）の上に、金や銀の豪奢《ごうしや》な繡箔《ぬいはく》がふんだんに用いられた小袖《こそで》、髪は唐輪《からわ》という出《い》で立《た》ちで、マヌエルが来る時は絹と羽根で作られた大きな扇を持つよう命じられていました。その姿は明らかに遊廓《ゆうかく》の女性を思わせましたが、母は強制されたその姿を気に入っている様子でした。特に、マヌエルが仏蘭西《フランス》から仕入れてくる扇は母の関心を強く惹いたようで、彼が商売で新しい扇を数点持ち帰ってくると、眼を爛々《らんらん》と輝かせ、自分が欲するものを長い時間をかけて選び取るのでした。

生きる最高の白磁を手に入れた葡萄牙人《ポルトガル》のマヌエルと、美しさのみを存在意義に阿片《アヘン》の虜《とりこ》となって生きる日本人の母との間に生まれた私に、母は四郎《しろう》という名を与えました。

私達親子が囲われている家は、葡萄牙《ポルトガル》でも栄えた地区として知られるトマールという街にありました。石造りの赤い屋根の住居《すまい》が建ち並ぶこの街には、葡萄牙《ポルトガル》の様々な歴史の繁栄の遺物と共に傷跡も多く遺《のこ》っていて、その光と闇《やみ》の象徴ともいえるものの一つが、城と聖堂が合体した巨大な、そして奇妙な修道院でした。何世紀にも亘《わた》り権力者が受け継いできたこの建物には、時々によって改築が施された為《ため》、ゴシック様式やその他、あらゆる時代の建築様式が入り交じっていました。私はこの修道院の聖堂で洗礼を受けました。ジェロニモ――それが私に与えられた洗礼名でした。

葡萄牙人《ポルトガル》ではなく、その血は混ざっているものの母親が正式に葡萄牙人《ポルトガル》と結婚している訳ではない私は、洗礼を授かりこそすれ、神の子として受け入れられこそすれ、学校に行くことも赦《ゆる》されぬ、存在しながらも存在することを無視された子供でした。ミサには毎週参加しました。私はそこで同い年や自分より年上であろう子供達と唯一、接触を持ちました。トマールの街に棲《す》みながらも母やマヌエル以外の人間達と触れ合うのは、ミサの時間くらいのものでした。

私は同世代の子供達から、最初、気味悪がられ、そのうち、苛《いじ》められるようになりました。異国人、東洋人、そして妾腹の子供、混血——彼らが私を中傷し、差別する理由は星の数以上にありました。母親が持つ見事な黒髪はマヌエルの血が入ったせいで、少し茶色がかって私に受け継がれました。肌は母親の要素をそのまま写し、白く肌理《きめ》も細やかでしたが、眼《め》はマヌエル譲りの碧眼《へきがん》でした。透き通るような白い肌に碧《あお》い眼を持つという私の顔は、とても不吉な心象を与えるらしく、私は「悪魔の子供《ジュスヘル》」と呼ばれ、石を投げられたり、棒で殴られたりしました。

私を攻撃するのは子供達に限りませんでした。「何故《なにゆえ》にあのような罪の子をミサに参加させるのだ」と、敬虔《けいけん》な信徒は神父《パアドレ》に訴え、私をミサに参加させないようにしようとしました。神父《パアドレ》は「洗礼を受けた者は、人種や出生に関係なく、あまねく平等に神の子である」と説明しましたが、多くの信徒達は納得しませんでした。私がミサが終わって修道院から帰ろうとすると、信徒達は大きな壺《つぼ》に用意してきた豚の血を私の頭から掛け、容赦《ようしゃ》なく腹や顔を蹴《け》ることもありました。母と私が棲む小さな家が放火されることも、稀《まれ》にありました。

神父《パアドレ》はそれを黙認していました。従って私は、次第にミサに行かなくなっていきました。ミサを放棄するようになり始めた私を、マヌエルはきつく叱《しか》りました。どんなことがあろうが、週に一度、ミサには出なくてはならない。それは神の子としての務めである。私が自分がミサに行くと皆から虐待されると訴えると、マヌエルはこう応《こた》えるのです。

「お前は罪を背負ってこの世に生まれ落ちた子供であるから、それは当然のことだ。その罪を神に赦《ゆる》して貰《もら》う為にも、お前は他の者よりも熱心にミサに通い、神に祈りを捧《ささ》げなくてはならない」

私が罪を背負って生を享《う》けし者ならば、その罪の子を誕生させたのは一体、誰だ。父であるマヌエル、貴方《あなた》自身ではないか。私が悪魔《ジュスヘル》の子供ならば、貴方こそが悪魔《ジュスヘル》であろう。悪魔《ジュスヘル》である貴方の口から、よくもそんな言葉が出るものだ。拙《つたな》い言葉で私はマヌエルにそう反駁《はんばく》しました。するとマヌエルは何の動揺もせず、更にこう続けるのです。

「人はどんな人間であろうと、生まれてきたこと自体が罪なのだ。どんなに正しく神の意思に忠実に生きようとしても、生きていること自体が罪なのだ。アダムとエバが天界を追放されてから、人は生まれながらにして罪人であることが定められている。無論、同様に私も生きる為の罪を犯し続けている。だからこそ、教会に通い、神に懺悔《ざんげ》するのだ。基督《キリスト》はいわれた。天国への狭き門は罪深き者にこそ開かれると。それくらいはミサでお前も既《すで》に学んだだろう」

マヌエルはシナイ山《さん》でモーセが天主《デウス》から授けられた十の戒め——汝《なんじ》、我の他に何物も神とすべからず。汝、偶像を崇拝すべからず。汝、みだりに神の名を唱《とな》うべからず。汝、安息日《あんそくにち》を穢《けが》すべからず。汝、父と母をないがしろにすべからず。汝、殺すなかれ。汝、姦淫《かんいん》することなかれ。汝、盗むなかれ。汝、隣人に偽証することなかれ。汝、隣人を貪《むさぼ》るなかれ——の戒律を、人間が生きる為に必要なものだと解釈し、その戒めを破るからこそ人は人なのである、そして戒めを破りながらそれを神に悔恨し続けることこそが正しい信仰生活なのだと、実に身勝手に定義しているのでした。己《おのれ》の欲望に忠実に動き、人のものを盗み、色欲に溺《おぼ》れ、誰かを騙《だま》し、富を蓄えるという罪悪を重ねる程に、自分は神の子として忠実な者になれるというのが、マヌエルの信仰の捉《とら》え方でした。マヌエルは常に神の名を口にしました。これは、汝、みだりに神の名を唱うべからずという戒めを破る行為だと思うのですが、彼の中ではその破戒《はかい》もまた信仰の証《あかし》であるのです。

聖書《エスキリツウラ》の言葉を真っ直《す》ぐに受け止めていた頑是《がんぜ》無《な》き頃《ころ》の私には、マヌエルのその余りに反語的な聖書《エスキリツウラ》に記された物語の捉え方が理解出来ませんでしたが、歳《とし》をふるに従って、私は、マヌエルの信仰への態度を見倣《みなら》うことはなくとも、それを足掛かりにしながら、自分なりの聖書《エスキリツウラ》の解釈と天主《デウス》への対峙《たいじ》の仕方を自力で開拓していけるようになりました。マヌエルは信仰を拡大解釈しつつも、自分は敬虔な基督《キリスト》教徒であり、神の隷《しもべ》であるという意識を実に幼稚に持っていました。が、私は天主《デウス》の言葉やその教義に対面し、その内容を把握する度《たび》、天主《デウス》への憎悪を深く、深くしていくに至ったのです。

聖書《エスキリツウラ》の言葉を只《ただ》、与えられるだけではなく、その言葉に就《つ》いて自分なりの考察が出来るようになると、私は、今まで迫害されるが故《ゆえ》に苦痛であったミサを含む、基督《キリスト》教というものを積極的に学びたくなりました。敵を倒すには先《ま》ず敵の全てを知らねば……。その頃の私はそのような心境であったのかもしれません。基督《キリスト》教、天主《デウス》への反発が強くなればなる程、私は聖書《エスキリツウラ》や信仰を奥深く求《ぐ》道《どう》したい衝動に駆られました。ミサに出ると厄介なことが多いので、私はミサが行われる日を避けて、神父《パアドレ》のいる修道院に足を運び、神父《パアドレ》と語り合いました。

私に洗礼を施してくれた神父《パアドレ》は、常に私の話し相手、そして学校に行けぬ私にとって恰好《かっこう》の教師となり得ました。私は神父《パアドレ》の前で先ず、自分はこの世に生まれてきてはならなかった罪の子であり、その罪を少しでも浄化する為に、信仰を学びたいという殊勝な姿勢を見せて、彼に取り入ることに成功しました。おかげで私は、単にミサに参加する信者が得られる以外の、基督《キリスト》教に関する陰の部分まで知ることが出来たのです。

神父《パアドレ》の心を開かせる為に、子供である私は、自分の身体《からだ》さえ、彼に提供しました。髪と眼の色で悪魔《ジュスヘル》の子供と罵倒《ばとう》された私でしたが、元来は母親譲りの端正な顔立ちをした少年、その欠点がともすれば相手の気を狂わすくらいの個性に成り換わることを、神父《パアドレ》に積極的に接近しようとした頃の私は、既に心得ていました。しかつめらしい面構《つらがま》えを聖職者の威厳を保つ為に被《かぶ》る神父《パアドレ》は、マヌエル以上に、信仰に対して狡猾《こうかつ》で冷静でした。私の衣服を脱がせ、その発育途中の身体を念入りに愛撫《あいぶ》しながら、「神よ、この愚かなる行為を見逃し給《たま》え」と呟《つぶや》き恍惚《こうこつ》とした表情で快楽を貪る神父《パアドレ》を私は、何時《いつ》しか彼さえも気付かぬように自分の意のままに操ることに成功していました。


「神父様《パアドレ》、この修道院は最初、テンプル騎士団の拠点として建てられたものなのでしょう」

「テンプル騎士団……ああ、そうさ」

「それは、どのような団体だったのですか」

「十一世紀、敬虔《けいけん》な信者と共に軍人であった者達が、聖地、エルサレムへの巡礼の保安を確保する為《ため》に仏蘭西《フランス》で組織したのがテンプル騎士団と呼ばれる団体だ。エルサレムは基督《キリスト》教の聖地でもあれば、イスラム教の聖地でもある。コーランを教典とするイスラム教も、聖書を拠《よ》り所《どころ》とする基督《キリスト》教も、根源を質《ただ》していけば、同じ処《ところ》に辿《たど》り着く。が、この問題を語り出すと、論点がぼやけてしまう。とにかく、当時は今よりも聖地への巡礼が重要な信仰の証《あかし》とされた。しかし違う宗派が同じ場所を聖地とするなら、そこに諍《いさか》いが起こらぬ訳がない。イスラム教徒と基督《キリスト》教徒はことごとく対立し、それはしばしば戦争に発展した。テンプル騎士団は基督教徒《キリスト》が無事に聖地に巡礼出来るようにと結成された騎士道の精神に溢《あふ》れた有志の団体だ。……否《いや》、だった。と、過去形にした方がよかろう。活躍するに従って、テンプル騎士団は名声と共に富も権力も持つようになる。この修道院を彼らが建てたのは、彼らが団体として絶頂期の頃《ころ》。その頃の騎士団には仏蘭西《フランス》人のみならず、我が国の者も多数、参加していた。しかし力を持ち過ぎた新興の団体は、昔ながらの大きな権力団体から疎《うと》まれる。テンプル騎士団は十四世紀の初め、財を蓄え過ぎたが故《ゆえ》に、仏蘭西《フランス》王朝から、あらぬ異教崇拝の嫌疑をかけられ、抵抗もむなしく消え去ってしまう。参加していた主要な者は投獄され、或《ある》いは死刑にされ、財産は全て没収。仏蘭西《フランス》王朝は、自らの権威を保守すると同時に、彼らの巨額の富さえ、合法的に搾取《さくしゅ》したのだよ」

「……」

「君が納得出来ないのはよく解《わか》る。でも、信仰と政治は、我々が知らぬ昔から、密接にそうやって絡《つな》がっているのだよ。政治と上手《うま》く手を握った宗教はその規模を拡大するが、政治に睨《にら》まれた宗教は、無残に潰《つぶ》される。更にいうと、政治と経済は二人三脚だ。つまり、政治と国の経済に有効な宗教は庇護《ひご》され、それに協力的でない宗教は、どんなに素晴らしい教えを説こうが、影響力が大きくなると、捩《ね》じ伏せられ、消し去られる。ふふ、そこに神の奇蹟《きせき》など介在する余地はないのだよ。仏《フ》蘭西《ランス》がテンプル騎士団を潰そうとした裏には、羅馬《ローマ》教皇の後ろ盾《だて》が存在した。我等《われら》が説く基督教《キリスト》は、密接に政治と経済と共存している。新たなる布教は共に新たなる富をもたらさなければ意味がない。それが基督教《キリスト》を掌握する羅馬《ローマ》教皇と教会の基本姿勢だ。布教活動は従って実に巧妙に行われる。富と真理をもたらされたつもりで知らないうちに属国にされ、搾取の対象になる国も沢山《たくさん》、ある。君の母親の祖国も例外ではない。最初に国の権力者が甘い経済の誘いに乗せられ、布教を赦《ゆる》してしまえば、もうその国は乗っ取られたも同然だ」

「天主《デウス》はそれを是《ぜ》とされるのでしょうか？」

「神は十の戒めの中で《いまし》こうおっしゃっている。自分以外のものの意見に耳を貸すな。——人間の社会で考えれば、恐ろしき暴君だとは思わないかね、君。絶対の服従を神は我々に望んでいるのだよ。テンプル騎士団の例をとるまでもなく、汝《なんじ》、殺すなかれという戒めがあるにも拘《かか》わらず、信仰の為、信仰という名の許《もと》、長い歴史の中でどれだけの血が流され、どれだけの命が奪われてきたことか。それを雷《いかずち》を落とすこともなく、神は常に静かに眺めておられる」

「天主《デウス》は……」

「恐らく、我々が思っている以上に、強欲で、気紛《きまぐ》れで、横暴で……一番人間的ながら、一番冷血な存在だ」

「聖書《エスキリツウラ》の中で天主《デウス》は、自分の最も忠実な隷《しもべ》であり、その教えの伝道者として選んだモーセに、そして基督《キリスト》に様々な試練を与えます。その意図はどのようなものだと神父《パアドレ》様はお考えですか」

「モーセは自らの子供を生け贄《にえ》として差し出すことでその信仰を試される。基督《キリスト》は彼の存在を恐れる権力者達に拠《よ》って捕われ、茨《いばら》の冠を頭に被《かぶ》せられ、葦《あし》の棒を持たされ、最大の屈辱的な姿にさせられた後、猶太《ユダヤ》の王、万歳《ばんざい》と嘲笑《ちょうしょう》され、ゴルゴタの丘までの長い道のりを自分が磔《はりつ》けられる重い十字架を背負わされて、歩かされる。十字架に架けられた基督《キリスト》は一切何も喋《しゃべ》らなかったが、処刑の前に一度だけ大声で叫んだ。――エリ、エリ、レマ、サバクタニ――神よ、神よ、何故《なにゆえ》に私を見捨てられるのか」

「エリ、エリ、レマ、サバクタニ……」

「そう、基督《キリスト》は叫んだ。神の子である基督《キリスト》でさえ、自分に課せられた試練の意味を知ることは出来なかった。基督《キリスト》が理解出来なかったことを、どうして私達如《ごと》きが解せよう」

「十字架に架けられて殺された基督《キリスト》が、自分の死の意味を、天主《デウス》の真意を計《はか》り得なかったならば、基督《キリスト》は天主《デウス》を恨みながらこの世を去ったのではないでしょうか。そう考えるのが正常ではないでしょうか」

「口を慎《つつし》み給《たま》え。宗教に於《お》いて、時に素直、もしくは透徹した考えを持つ者は、異端として扱われるのだよ」

「おっしゃってる意味がよく呑《の》み込めません。私は正しいことを思ったが故に、異端とされるのですか」

「理不尽かね？」

「はい」

「それでは敢《あ》えて君に問おう。理不尽の対極にある道理にはどんな意味がある。その道理を君は正義といいきる自信があるかね」

狭い懺悔室《ざんげしつ》の中で着衣のダブレットもホーズも剝《は》がされ、一糸纏《まと》わぬ裸体になった私の身体《からだ》のあちらこちらに執拗《しつよう》な愛撫《あいぶ》をくわえながら、艶《つや》やかな黒光りするゆったりとした天鵞絨《ビロード》のアルブの裾《すそ》を捲《まく》り上げ、自分の下半身に私の腕を持っていき、腰を淫《みだ》らに動かしつつ、口調だけは聖職者の厳《おごそ》かさを忘れずに、神父《パアドレ》は逆に私にそう訊《たず》ねるのでした。

神父《パアドレ》が私の腕をアルブの外に出し、私が何時《いつ》ものようにその手の上に掛けられた粘り気のある白濁した薄い海水の匂《にお》いがする液体を確認すると、神父《パアドレ》と私の勉強会は終了でした。神父《パアドレ》は身形《みなり》を整えると、蔑《さげす》むような視線で私を一瞥《いちべつ》し、無言でそそくさと懺悔室から立ち去ってしまうのです。私は手に付けられた粘っこい液体を懺悔室から立ち去る時に神父《パアドレ》が床に落としていく一切れの羊皮紙で拭《ふ》き取ると、神父《パアドレ》以上に素早く、感情なく、脱衣させられたダブレットやホーズを身に纏い、懺悔室を後にするのが常でした。

或《あ》る日、何時《いつ》ものように淫《みだ》らな勉強会を開催した後、神父《パアドレ》は珍しく私が着衣し懺悔室《ざんげしつ》から出てくるのを待っていました。

「神は知恵の樹に実った果実を食したアダムとエバ、つまりは人間を楽園から追放された。神は四十日間の洪水を起こし、ノアの方舟《はこぶね》に乗せられた者達以外を全て消滅させてしまわれた。確かに神が消し去ってしまうことをお決めになった地上では、不正や悪徳が栄え、神への感謝は忘却されていた。しかしそこには人類がこつこつと築き上げた文明や文化があった。人々がそれぞれが習得した技術を持ちより、天に届けという想《おも》いを込めて団結の証《あかし》である高きバベルの塔を築いた時、神はこうお考えになった。人が協力し合い、大きな事業を成し遂げようとすると、地上に、そして彼らの世界に不可能はなくなるであろう。そこで神は、人々が一致団結出来ぬように、バベルの塔を見下ろしながら、それぞれの民族が違う言葉を使い、意思の疎通が容易に図《はか》れぬようにしてしまわれた。――これらのことに鑑《かんが》みて、君は何を想う？」

私は少し考えた（否《いや》、実際は考えた振りをしていただけなのです。この問いに対する私の応《こた》えは既《すで》に出ていました）後、こういいました。

「楽園の追放に象徴されるように、天主《デウス》は人が知恵や知識を持つことを良く思われませんでした。才知を有した人間を神は嫌悪しておられるのだと思います。それ故《ゆえ》に、信仰の為《ため》に多くの貴い血が流されても、天主《デウス》は傍観なさるのでしょう」

「不信心者めが」

神父《パアドレ》はそういい、右手に持っていた、本来はかなり位の高い聖職者しか手にすることが赦《ゆる》されぬ黄金の司教杖《しきょうじょう》で私の背中を打ちました。

「神父《パアドレ》様も、そのようにお考えなのではありませんか？」

「私は神に仕え、神の教えを守り、皆に伝授する職にある者ぞ。そのような異端の考えを口にしよう筈《はず》がない。私は只《ただ》、ひたすらに神を畏《おそ》れ、敬《うやま》うのみだ」

黄金の杖《つえ》の打撃力は大きく、子供の私はその衝撃に耐え切れず神父《パアドレ》の前に仰臥《ぎょうが》する形になりました。頭だけを上げて神父《パアドレ》を見上げる私の首に、杖の先を当てながら神父《パアドレ》は残忍な微笑《ほほえ》みを浮かべました。

「付いてくるがよい。呪《のろ》われし悪魔《ジュスヘル》の子供よ」

歩き出す神父《パアドレ》の後に私は付き従いました。神父《パアドレ》は複雑に入り組んだ回廊と部屋を横切り、やがて四方が石の壁で塞《ふさ》がれた小さな庭に私を連れ出しました。庭には粗末な物置小屋があり、その小屋の扉には大きな南京錠《なんきんじょう》が掛けられていました。神父《パアドレ》は懐《ふところ》から鍵《かぎ》を取り出し錠を解くと、物置小屋の中に私を招き入れました。神父《パアドレ》は入ってきた扉を閉めるように指示します。扉を閉めると窓のない物置小屋の中は何が置かれているのかさっぱり解《わか》らぬ闇《やみ》の空間でした。

「さぁ、こっちだ」

神父《パアドレ》の声がします。その声は私の下方で響きました。私が自分の足元に眼《め》を遣《や》ると、そこには地下へと至る細い石の階段が続いていました。灯《ひ》のともった三本の蠟燭《ろうそく》を立てた燭台《しょくだい》を手にした神父《パアドレ》の顔が、気味悪く浮かび上がっていました。私はうっすらと照らし出される石の階段を注意深く下りていきました。

階段の先には、広い地下室が拡《ひろ》がっていました。部屋の中に点在する燭台の蠟燭に神父《パアドレ》は手慣れたふうに灯を入れていきます。灯が増えていくに従って部屋の全容が明らかになっていきました。壁には本棚が据え付けられていて、葡萄牙《ポルトガル》語ではない異国の文字で書かれた書名の古びた書物がびっしりと並んでいました。部屋の中央には円卓があり、その上には医学で使うようなギヤマンの容器や鍛冶《かじ》屋で見かけるような器材が複雑に入り組んで置かれています。見たことのない不可思議なものばかりがこの部屋にはありました。そしてそれらのものは大小拘《かか》わらず、全て何処《どこ》か不吉で不穏な特有の禍々《まがまが》しい空気を纏《まと》っているのでした。歳《とし》は子供ながらも精神はすっかり大人だと自負していたけれども実際はまだ幼かった私は正直、この部屋に恐怖しました。

中でも私を怯《おび》えさせたのは、部屋の奥に意味あり気《げ》に置かれた、頭は山羊《やぎ》で身体《からだ》は大きな黒い羽を背負った人という半獣半人の等身大の彫刻でした。頭は山羊でしたが、山羊そのものではなく、その耳の辺りから生えた角《つの》は異様に大きく只《ただ》の山羊の頭部ではないことを物語っていました。私がその彫像の前で凍りついていると、神父《パアドレ》がこの部屋に入ってから初めて口を開きました。

「その石像は、セルノヌスと呼ぶものを形にしたものだ。英吉利《イギリス》から運ばれてきたものらしいが、何せ私がこの修道院に来る前からあるものだから詳しいことは解らない。セルノヌス――つまりは悪魔《ジュスヘル》だよ。これを崇拝する者達はしかし、私のようにあっさりと悪魔《ジュスヘル》だとはいわない。角を生やした神――と呼ぶようだね。主《おも》に魔女達の守護神として崇拝される。繁殖や生命の源を司《つかさど》る力を持つという。気味が悪いのかね。ふふふ。悪魔《ジュスヘル》の子であり、神は我々を嫌悪しているのだと息巻いていた君が、神に反旗を翻《ひるがえ》すセルノヌスの像を恐れるとはね」

「何故《なぜ》、このような異端、否《いや》、天主《デウス》を、そして基督《キリスト》教の信仰を冒瀆《ぼうとく》するものが、ここにあるのですか」

私は恐れながらも、憤《いきどお》っていました。

「ほほう。君の中にも健気《けなげ》な神への信仰心があるのかね」

神父《パアドレ》は邪悪な石像に頰《ほお》を擦《す》り寄せながら笑いました。

「ここにある文献や器具、置物などは、そう、ペン一本、布一枚に至るまで、異端の洗礼を受けたものばかりだ。主にはグノーシス派が用いる、或《ある》いは用いたものが多数だけれどね。グノーシス。聞いたことがないかね。今も昔も基督《キリスト》教から派生した異端の宗派や団体は多数存在する。中でも古い歴史を持つのが、グノーシスと呼ばれる人々だ。彼らは信仰心が篤《あつ》い余り、聖書を実に真面目《まじめ》に解釈しようとした。そうすると、何故《なにゆえ》に神はモーセに過酷な証をたてさせたのか、何故にバベルの塔の建設が神の怒りに触れたのかということが、矛盾として顕在化してくる。グノーシスはあくまでそれらの矛盾や疑問を、学問として捉《とら》え、理屈が通るように解釈しようとするのさ。その結果、彼らは正統な基督《キリスト》教からすれば、異端の扱いを受けざるを得なくなってしまう。君は先程、神は人類の才知を嫌悪しているといったね。グノーシス派の人々はそうは考えない。神が人類の才知を嫌おう筈がない。知恵や知識という人類だけが会得せしものは、神からの恩恵なのだ。神を尊《たっと》ぶならば、神の存在に近付き給《たま》えというのが神の本心だ。グノーシスの人々はそう信じ、神を模倣《もほう》しようとする」

「神を模倣？」

「この円卓の上に拡がる奇妙な品々が何なのか、解るかね。錬金術《れんきんじゅつ》の装置だよ。様々なものを或る手段を用いて純金に変える魔法――彼らは学問というけれどね、それが錬金術だ。大昔からあらゆる魔術師がその成功を夢見て、命を賭《と》してまで研究に没頭してきた。魔術師達を支援し、その研究に必要な膨大な財を託したのは、富を持つ貴族であり、我々のような聖職者だった。錬金術を馬鹿にする者達は、土でも草でも純金に変えることに成功すれば、巨万の富が得られるからこそ、その研究に金を注《つ》ぎ込むのだと思っている。だがそれは違う。富を増やしたいのならもっと確実な方法は幾《いく》らでもあるのだ。只《ただ》の石を金に変換させる為の錬金術に莫大《ばくだい》な財を注ぎ込むのは、神の摂理を理解したいが故なのだ。この気持ちは神学を究《きわ》めた者にしか恐らく理解は出来まい」

「神父様《パアドレ》もまた、そのような御心《おこころ》で、ここで錬金術を……」

「ああ、グノーシスの者達にこの場を開放してやっている。私も彼らと共に、その作業に参加し、費用を捻出《ねんしゅつ》している」

「成功は？」

「まだだ。しかし遠くないと確信をしているよ。肝心なのは物質を変換させる為に必要な賢者《けんじゃ》の石と呼ばれるものなのだ。が、残念なことに、それがどのようなものなのかが、杳《よう》として知れない。

今はなき、優れた錬金術師であり、軍人であり、哲学者、医師であり政治家、そして科学者であった独逸《ドイツ》のアグリッパは、その賢者の石を持っていたと思われる。元々は希臘《ギリシャ》の哲学者であり科学者であったピタゴラスが持っていた賢者の石を、何らかの形でこのアグリッパが所有し、故に彼は全ての才に秀でることが可能だったという処《ところ》までは解ったのだ。そのピタゴラスからアグリッパの手に渡った賢者の石の在り処《あか》が、後少しで判明しそうなのだよ。それさえ手にすれば、もう何も恐るるに足りない。この修道院の神父《パアドレ》の職を最高の栄誉だと愚民達はいうが、賢者の石さえ我がものになれば私がこんな地位に甘んじることはない。羅馬《ローマ》教皇さえ、私に跪《ひざまず》くことになるだろう」

神の摂理を理解したい？　神学を究めた者のみの想い？　富が得たいなどという世俗的な欲望の為に錬金術はあらず——確かにそうなのかもしれません。しかしこの神父《パアドレ》はそれ以上に生々しい現世の欲望の為、錬金術の成功を夢見ているのです。

「我々の長年の研究に拠《よ》るとだ、賢者の石と共にもう一つ、錬金術に万能なものがあることが解った。これは賢者の石と共に用いなければその力を発揮しないのだが、童貞、もしくは処女である者の血なのだよ。それも、只《ただ》の童貞、処女の血では意味がない。異なる民《たみ》の間に生まれた、異なる二つの血を受け継いだ者の血の一滴が、賢者の石の効力を強大なものにしてくれるのだ。バベルの塔を建設した時、同じ言葉を有する者達は、神の計《はか》らいによって分断された。分断された者達が番《つが》い、産み出された子供は、バベルの塔以前の人間が持っていた神秘的で偉大な力を宿している」

「つまり、賢者の石が入手出来たなら、私の血を分けて欲しいということですか」

「物分かりがいい。君なら賛同してくれるね。勿論《もちろん》、只《ただ》で、君の血を分けてくれとはいわない。協力してくれるなら、君に出来る限りのものを与えよう。何でも与えることが出来る。物質でも権力でも。何しろ、錬金術に成功した私は、この世の王となるのだから」

私は出来る限りさり気なく訊ねました。

「それは有り難《あがた》いことです。しかし褒美《ほうび》はグノーシスの連中にも与えねばなりますまい」

そういうと神父《パアドレ》は凍りついた眼をして呟《つぶや》きました。

「この仕事に関わったグノーシスは、異端であるが故に、全て抹殺する。異端である彼らの中で錬金術の成功とその方法が伝承されることは、絶対に避けなければならない」

やはりそうなのだ。信仰という旗印の許《もと》、利用出来るものは異端であろうと利用し、自分の目標が達成されれば、またもや信仰を理由に当然の如《ごと》く、神父《パアドレ》は協力者、自分を信じ、約束を取り交わし、多大な苦労をさせた者達を平気で葬ってしまうのだ。神父《パアドレ》は賢者の石を手に入れ、私の血を手にしたならば、グノーシスと共に、私も、そして私の母や、全くこの計画に関与していない父であるマヌエルさえも、周到にこの世から消し去ってしまうに違いないのです。

「私と共に生きてくれるね。一緒に神の真意を知る者となろう」

神父《パアドレ》は演説口調でそういうと、私の手を握り締めました。私は彼の懐に顔を埋《うず》め「神父《パアドレ》様、私の命は天主《デウス》のものであり、貴方《あなた》のもの。何処《どこ》までも貴方と共にまいります」と、自分でも気味の悪い猫のような声を出して、寄り添いました。心臓に鳥肌を立てながら。

神父《パアドレ》はその私の行動に、またしても欲情を憶えたらしく、錬金術が行われるグノーシスの人々にとっては聖なる場所であろう地下室で私を裸体にし、その身体を貪《むさぼ》りました。「嗚呼《ああ》、君のその小さき門を犯してしまいたい。そして私の菊門にこの青き新芽を挿入《そうにゅう》したい。……だが暫《しばら》くの辛抱だ。君は儀式の時まで、童貞でなくてはならぬ」

その日、家に戻ると何時《いつ》もは開けっぱなしの玄関に鍵が掛かっていました。不審に思った私は、家の裏に廻《まわ》り、窓から家の中を覗《のぞ》き見ました。窓の付いた部屋は丁度《ちょうど》、母と私の寝室にあてられています。窓越しに私が眼にした光景は、実に凡庸かつ、醜悪なものでした。全裸で煙管《キセル》を使い阿片《アヘン》を吸いながらの母が、見ず知らずの葡萄牙《ポルトガル》人と交接している。部屋の隅ではマヌエルがその一部始終を椅子《いす》に座り、眺めていました。マヌエルが、何かの経済的な目的の為に、囲っている母を交接している相手に差し出している現場であることは一目瞭然《いちもくりょうぜん》でした。怒りや悲しみ、侮蔑《ぶべつ》といった感情は、母にもマヌエルにも不思議と湧《わ》いてはきませんでした。私は冷静に寝室の中で行われていることを観察し続けました。

ことを終え、母と交接していた年老いた葡萄牙《ポルトガル》人は服を着て、マヌエルに幾許《いくばく》かの金子《きんす》を支払おうとしましたが、マヌエルはそれを拒んでいる様子でした。マヌエルは相手に何かを告げ、相手は首を縦に振り、二人は同時に下卑《げび》た笑みを洩《も》らし、同意した様《さま》を見せました。煙管《キセル》を床に落とした母は、何かを叫び続けていました。マヌエルとその客人は、それを無視して部屋から出ていきました。

暫《しば》らく経《た》って、もうマヌエル達は家から出ていっただろうと思った私は、再度、玄関に廻りました。案の定、玄関の鍵は外れていました。家の中に入ると、窓越しでは聞こえなかった母の声が聞こえます。母は繰り返し、同じ歌の一節を口にしているのでした。拍子の外れた歌とは思えぬ歌を、彼女は歌っていました。

たっとき　よやれ　でうすさま
ほめ　たっときたまえ　たっとき　たまえ
おんほめ　たっとき　たまえ
われなりとがの　けがれなきよに

はは　まりあさま　はは　まりあさま
きずこうふりたもうとも
よしなの　つみとが　おいてはせいを
いのりたもう　いのりたもう
おんみ　ますます　たてまつる
てんにおいては　おんみのたっとき
ますます　さかえ
はは　まりあさま　はは　まりあさま
ねがわく　はからいたてまつる
あめん　でうすさま

これは肥前《ひぜん》や肥後《ひご》で受け継がれているオラショと呼ばれるものの一つでした。日本では祈りと訳されるそれは、賛美歌が原型にあるものの、口承のみで民衆の間に広まっていくうち、元の歌詞や楽曲はことごとく改竄《かいざん》され、『アヴェ・マリア』も『ミゼレーレ』も、全て念仏のようになってしまいました。このオラショを歌う、というより唱《とな》えるものは、オラショを密教の呪文《じゅもん》と同じように一種の霊力を秘めた文言《もんごん》として捉えていましたから、そこに筋の通った言葉の意味があるなどとは考えもしなかったようです。母も肥前の出身でしたから、このようなオラショの幾つかは、諳《そら》んじることが出来ました。焦点の合わぬ両の眼を宙に浮かせ、裸体のまま座し、口元に泡を蓄えながら何度も何度もこの同じ、多分、聖母マリアに捧《ささ》げる内容であろうオラショを大声で抑揚もなく唱え続ける母の姿を目《ま》の当たりにした時、普段は阿片をやりながらも人生を諦《あきら》めたが故の女の強《したた》かさを私に見せつけていた我が母親の脆《もろ》さを眼の前にした時、私の奥底で大きな堰《せき》が外れる音がこだましました。

その音と共に私は誓いを立てたのです。天主《デウス》、創造主に反旗を翻すことを。天主《デウス》や天主《デウス》が与えし我が運命を恨むだけでは飽き足りぬ。神父《パアドレ》もマヌエルも、悪党ながらも天主《デウス》の加護を信じている。自らがか弱き小羊であることを言い訳としている。私は赦《ゆる》さない。天主《デウス》が見守りし、か弱き小羊も、小羊故の迷える業《ごう》も。そして天主《デウス》をも……。私には解りません。天主《デウス》という唯一の絶対的なるものが存在するのか否《いな》かは。しかし存在するならば、私は天主《デウス》を敵としましょう。たとえ天主《デウス》が森羅万《しんらばん》象《しょう》を司り、私という存在に何らかの意味を持たせこの世に生誕させたのだとしても、私は天主《デウス》に絶対に跪《ひざまず》かない。天主《デウス》と、天主《デウス》に救いと希望を持つ者を私はことごとく滅ぼしてやる。奪い尽くしてやる。そんな力が、悪魔《ジュスヘル》の子と蔑《さげす》まれ生きてきた私にあろう筈《はず》もないことは解っています。でも私は認める訳にいかないのです。天主《デウス》という存在を。天主《デウス》が創《つく》りしこの世界を。

天主《デウス》、貴方《あなた》は見ているのか、貴方に服従を誓う神父《パアドレ》の黒い権力への一点の曇りもなき野望を。天《デウ》主《ス》、聞いていたのか。貴方を誉《ほ》め賛《たた》える母の無意味なオラショを。嗚呼《ああ》、悪魔《ジュスヘル》になれるものなら私は真実、悪魔《ジュスヘル》になりたい。そして対峙《たいじ》し、せめて貴方の片眼だけでも潰《つぶ》して、地獄《インヘルノ》に堕《お》ちたい。どんなに過酷な無限の刑罰をも受ける覚悟はある。私には貴方のように大洪水を起こし、世界を無にしてしまうだけの力はない。が、貴方を崇拝する者達を一人ずつ殺害していくだけの執念はある。負け戦《いくさ》であることは最初から承知している。しかし、だからといって私は他の者のように貴方に媚《こ》びて、身の丈《たけ》に合った幸福を頂戴《ちょうだい》しようとする程、さもしくはない。

母のオラショを耳にしつつ、私はこうして不毛ながらも自分が生きていく為に戦わねばならぬ大き過ぎる敵を確認したのです。

もうすぐ十歳を迎える春のことでした。

＃2　天草

私達親子が葡萄牙《ポルトガル》の国を去り、母にとっては帰国、私にすれば母の生まれた想像も付かぬ東方の島国に返されたのは、私が十四歳になった頃《ころ》でした。

その頃、私は神父《パアドレ》が通してくれた修道院の地下の秘密の部屋に勝手に出入りし、錬金術《れんきんじゅつ》の書物を読み漁《あさ》ることに夢中になっていました。それらの本に書かれていることは非常に難解であり、何度繰り返して読もうが意味の摑《つか》めない部分が多々ありましたが、その部屋に時折、錬金術の研究に訪れるグノーシスと神父《パアドレ》から呼ばれる者達から、私は読解の鍵《かぎ》を貰《もら》うことが出来ました。

グノーシス達は、私が逢《あ》った限り、どの者も非常に克己《こっき》的で、異端の信徒、邪宗者というよりは、学者のように思えました。最初、彼らは私が何故《なにゆえ》に地下室に入り込めるのかを訝《いぶか》り、警戒心を解こうとはしませんでしたが、私が自分と神父《パアドレ》との淫《みだ》らな関係を打ち明け、自分が特別にこの部屋に案内されたこと、そして自分はこの地下室が気に入り、しばしば神父《パアドレ》に黙って鍵を持ち出し、この部屋に来て書を読んでいる旨《むね》を話すと、納得したようでした。そして納得しただけでなく、私が自分が読んだ書物の中で理解出来ぬ部分がある、この言葉にはどのような意味が隠されているのかというような質問をすると、彼らは眼《め》を輝かせて、私に解釈を聞かせてくれるのでした。

彼らは知識によって神とこの世界を認識しようと試みるのが、自分達の目指すべき処《ところ》であるといいます。その為《ため》にはカバラなる猶太《ユダヤ》教の根底にある理論も検証するし、古代希臘《ギリシャ》のピタゴラス教団が会得《えとく》した秘教の数学や天文学も採《と》り入れる。宗教を哲学と学問に還元し、実利的なものとして採り入れることこそが信仰の本質であると、グノーシスの者達は考えるのでした。従って、秘密結社じみていましたが、学ぼうとする者に対し、彼らは非常に寛大でした。錬金術は、一つの象徴的な実験に過ぎない。それが成功することによって、得られる知識こそに興味があると、グノーシスの者達は口を揃《そろ》えていいました。私がセルノヌスの石像を指し、「こんなものを崇拝するのは悪魔的な行為ではないのか」と問うと、その姿には今では悪魔《ジュスヘル》の印象が付いてしまっているが、角《つの》を生やした動物のような神の像は古来から崇拝されていて、そこには森羅万象《しんらばんしょう》を司《つかさど》る最も単純かつ深遠な定理が反映されているのだと教えてくれました。

「例えばだね、このセルノヌスの石像は、豊饒《ほうじょう》魔術という原始的な魔術に用いられる。その起源は、狩猟民族の男性が特別な日に、動物の姿をして女性と交わるという儀式から始まっている。何故《なぜ》、そのようなことをするかが、解《わか》るかね。——模倣《もほう》なのだよ。狩猟民族にとって食糧である獣達は、常に繁殖し、この世に必要数、存在してくれなければならない。そこで、獣が絶滅しないことを祈り、人間が獣の姿となり、生殖行為を行うのだよ。一見、馬鹿馬鹿しいことのように思えるかもしれないが、そうではない。簡単な算術を考えてご覧《らん》。どんな数字にも二を掛ければ倍になることは、子供だって知っている。掛けられる数字がどんなに大きくなろうが、二を掛け続ける限り、それは倍になる。この法則を応用したものが、模倣という訳だ」

「小さな力で大きなものが動く、模倣とは一種の法則を用いた学術と考えて差《さ》し支《つか》えないのでしょうか」

「その通り。君は実に賢明な少年だ」

私はこうしてグノーシス達と親しくなっていったのです。

この模倣という概念は、私を一つの結論へと導きました。眼の前の巌《いわお》は硬くて手では砕けぬ。が、石に似せ泥を固めて作った団子《だんご》なら、あっさりと二つに割ることが出来る。泥団子と巌との間に因果関係があれば、泥団子を割ることで巌が割れるのではないか。否《いや》、必ずや割れる。要は如何《いか》にして泥団子を巌、石に置き換える装置を作るかなのです。しかしその装置、方法は、いともあっさり手に入りました。書物を繙《ひもと》いた訳でもなく、グノーシスの者の意見を参考にした訳でもなく、偶然、私はその方程式を発見してしまったのです。――思念。泥団子を石の模倣物とする。しかし泥団子はあくまで泥団子であり、石は石である。が、泥団子が石だと想《おも》うことは誰にでも出来る。

雨の日、私は家の軒《のき》の下で一人、泥団子を幾《いく》つも作っていました。家の中では母がマヌエルの接待用に、また見知らぬ男の慰《なぐさ》みの玩具《がんぐ》にされていました。ですから私は、雨に濡《ぬ》れようが与えられた家に入ることが赦《ゆる》されなかったのです。軒の向こう側の道には、雨ざらしになった牛の頭程の大きさの石が置かれていました。私は自分が作った泥団子を手にし、眼を瞑《つむ》り、その泥団子と路傍の大きな石の印象を重ね合わせてみたのです。手にずっしりと持てる筈《はず》もない石の重みが感じられるまで、私は根気強く、二つの異物が頭の中で合致するのを待ちました。すると、きたのです。確かに私の手中の泥団子が道の向こうの石となる瞬間が……。私は確信めいたものを心中に抱き、手の中の泥団子を二つに引き裂きました。そして、そっと眼を開けました。するとどうでしょう。私が作り、そして二つにした泥団子と同じように、雷《いかずち》が落ちた訳でもないのに、堅固な石が真ん中から割れて転がっているではありませんか。予期していながらも、事実、大の大人が巨大な鉄槌《かなづち》を用いても、割れるかどうか疑問であるような石が真っ二つになった有り様《さま》を見て、私は震えました。これは魔術なのか。私は魔術を使う能力を持ってしまったのか。戦慄《おのの》きつつも、私はしかし、自分の力、思念に拠《よ》る模倣の具現化が偶然でないことを証明したく、雨の中、軒《のき》を飛び出し路上に出ました。石に触れました。決して脆《もろ》い石ではない。私は自分の家を振り返り、その赤い屋根の上に飾りで付けられた白い木製の十字架を眺めると、道にしゃがみ込み、泥を掻《か》き集め、それを模した小さな十字を作りました。またしても、眼を閉じ、屋根の上の十字架と地面の上の泥の十字が、頭の中で同じ像になるように精神を集中しました。石の時よりも時間を掛けずに像は一致しました。私は地面の泥の十字の上に手を置き、それを粉々にしました。果たして、屋根の上の十字架を見ると、そこにはもう十字架の姿はなく、微《わず》かに折れた短い棒だけが哀れに立っているのみでした。

「不思議な力を手に入れたぞ。否《いや》、これは不思議な力でも、魔術でも、種のある幻術《げんじゅつ》でもないのだ。思念による模倣の結果なのだ。しかし、おいそれと誰にでもこの思念が使いこなせはしないだろう」

私はそう思うと、今まで神の許《もと》に惨《みじ》めに跪《ひざまず》くしか術《すべ》を持たなかった自分に、鎧《よろい》と剣が与えられたような気がして、妖《あや》しい悦《よろこ》びを感じずにはいられないのでした。以来、私はこの力をもっと簡易に使いこなせるように、黙々と訓練をするようになったのです。

最初は、模倣を用いることにより神の如《ごと》き力を手にした気分になり、有頂天《うちょうてん》だった私でしたが、しかし次第に、自分は万能でないことを悟るようになります。泥や紙などで壊したいものを作らずとも、その対象物を頭の中に思い浮かべ、そして破壊することによって、結果を出せるようにまで私は成長しましたし、その他、様々なことを思念することで、物質を移動させたり、停止させたりすることも出来るようになりました。が、石を砕くことは出来ても、教会や城を大地震が起こったかのように倒壊させてしまうまでの力は持てませんでしたし、彼方《かなた》を歩く見知らぬ人を振り向かせることは容易《たやす》けれど、眼の前にいる生まれたての幼子《おさなご》を思念だけで殺してしまうことは無理でした。

この力を持ったことは、最初、誰にも打ち明けませんでした。この力を使って何が出来る訳でもないからです。が、或《あ》る時、マヌエルが私をトマールの街から離れた神学校《しんがっこう》に入れるといい始めたのです。母はそれに取り立てて賛成も反対もしませんでした。が、私はそれがどうしても嫌だったのです。阿片《アヘン》中毒になっていても母は母、その母と離れて暮らすことが私には耐えられませんでした。ミサに出れば混血というだけで、忌《い》み嫌われ、子供からも大人からも迫害を受ける私です。母が私を擁護《ようご》してくれたことなぞ一度もありませんでしたが、それでも私は何処《どこ》かでこの母だけを拠《よ》り所《どころ》としていたのです。マヌエルに私は母の許を離れたくない旨を訴えました。が、マヌエルは、その歳《とし》でまだ母親が恋しいのかと相手にしません。そこで私は彼にこういったのです。

「私も母も、この国では異国の者として白い眼で見られて生きてきました。貴方《あなた》が母をこの国に連れ去ったのが原因です。しかしそのことを責めはしません。が、私は、たった一人きりで阿片だけを頼りにここで暮らしていく母を置いて、遠い学校になぞ行けはしないのです。私は非力《ひりき》ながら母を守っていかねばならない」

　そういうとマヌエルは小馬鹿にしたような微笑《ほほえ》みを浮かべました。

「お前に一体、何が出来るというのだ。力も財も何もない、子供のお前に」

　その言葉が私を激昂《げっこう》させました。

「私は、神から与えられた特別な力を有している！」

　私は「砕けよ」と叫び、眼を閉じました。マヌエルの凭《もた》れ掛かっていた壁の窓に嵌《は》め込まれたギヤマンが一瞬にして、派手な音を立てて飛び散りました。私は慌てるマヌエルの顔を凝視して、不敵に笑みを浮かべました。

「ふん、そんな幻術を何処《どこ》で習った？」

「幻術ではありません。力です」

「小賢《こざか》しい」

　明らかに動揺しているマヌエルに自分の力を知らしめる為、私は次にこう叫びました。

「燃えよ」

マヌエルの抱えていた日本から持ち帰った縮緬《ちりめん》の反物《たんもの》の端に火が付きました。マヌエルはその反物を思わず手放し、床に落としました。

「これも、幻術でしょうか？」

慌てて、反物の火が拡《ひろ》がらないように足で燃えている部分を踏み付け消火したマヌエルは、蒼醒《あおざ》めた表情で私を見ました。

「神から与えられただと……。恐ろしい……。悪魔《ジュスヘル》め。お前は悪魔《ジュスヘル》だ」

マヌエルは大きく右手で十字を切り、神の名を呼びました。

次の日、マヌエルは私と母を日本に帰すと告げに、やってきました。この国に悪魔《ジュスヘル》を置いておく訳にはいかぬ。やがて私という存在は、マヌエルを含む周りの者、そしてこの国に災《わざわ》いをもたらすだろう。悪魔《ジュスヘル》を産んだ母親もまた基督《キリスト》の母がマリアであるように、不吉なる者である。従って帰国させる。それがマヌエルの出した結論でした。私の母が悪魔《ジュスヘル》の母親なら、マヌエル、お前は悪魔《ジュスヘル》の父親ではないのか。私と母が忌まわしき者なのであれば、お前もまた忌むべき罪人《ざいにん》なのではないのか。私は心中でそう毒づきましたが、マヌエルは自分には何の咎《とが》もないと考えているようでした。

マヌエルが乗る南蛮船《なんばんせん》に貨物のように積まれ、私達親子は、天草《あまくさ》の益田甚兵衛好次《ますだじんべえよしつぐ》の許《もと》に届けられました。母は行李《こうり》にマヌエルから与えられた着物や反物《たんもの》、そしてありったけの阿片《アヘン》を詰め込んで、十年以上振りに、自分を売った男の家に戻されました。悪魔《ジュスヘル》の子と共に。

船の中で私は母に訊《たず》ねました。

「果たして、益田甚兵衛好次という者は、母上を迎え入れるでしょうか」

「その点、マヌエルはぬかりないわ。益田甚兵衛好次には、それ相応のものを渡し、今後の生活が潤《うるお》うものを提供するという約束をして、私達を引き取らせる」

「しかし、悪魔《ジュスヘル》の子と思われている私を、幾《いく》ら財に眼《め》が眩《くら》んだとしても引き受けるでしょうか」

「お前を悪魔《ジュスヘル》の子だなんていいやしないわ。お前が自分でいったように、神から奇蹟《きせき》の力を授けられた子供だといって、ともすれば、手放したくないというような素振りまで甚兵衛好次には見せるでしょう」

「マヌエルは、しかし何故《なにゆえ》に私と母上を天草に帰すことにしたのでしょう。悪魔《ジュスヘル》の子であれば、火刑にでも処せばいいものを」

「自分がお前の父親であるからよ。お前が悪魔《ジュスヘル》の力を持ったことはやがて世間に知れ渡る。すれば、お前もこの私も、火炙《ひあぶ》りにされるかどうかは知れないけれど、今まで以上に、世間から虐《しいた》げられるわねぇ。でも、そうすれば、マヌエルだって、人々から糾弾されるのよ。悪魔《ジュスヘル》の父親としてね。いくら自分は父親ではないといったところで、私を異国から葡萄牙《ポルトガル》に連れてきたのはマヌエル。そのいい逃れは出来ない。彼はそれを恐れたのよ。だからこっそりと、天草に戻してしまおうとした。天草でお前がどんな行状を働こうが、葡萄牙《ポルトガル》までその話は伝わらないし、仮に伝わったとしても、それにマヌエルが関わっていることは誰も知り得ない」

確かに母のいった通り、私の新たな父となる益田甚兵衛好次は、私と母をすんなりと受け入れました。碧《あお》い眼を持ち、茶色い頭髪を有した私のことを、益田甚兵衛好次が気味悪く思っていることは一目瞭然《いちもくりょうぜん》でしたが、益田甚兵衛好次は、否《いや》、父は、それを口にすることがありませんでした。

こうして私の天草での生活は始まったのです。私が暮らすことになった天草、否《いや》、天草を含む、肥後《ひご》、肥前《ひぜん》などの土地は、日本の暮らしというものがどういうものなのかさっぱりと解《わか》らぬまでも、貧しいことは明々白々でした。

痩《や》せた土地で農作に従事する人々、そこで穫《と》れたささやかな米や穀物は年貢として殆《ほとん》どを土地を治める大名に取り上げられ、農民達は、稗《ひえ》や粟《あわ》などを主食にしなければならない。否《いや》、それすらも食べられぬ場合は、虫を食らう。この辺りは海に囲まれていましたから、漁に従事する者も多くいました。が、その者達も事情は同じ。いくら魚が獲《と》れようが、全て支配する大名に毟《むし》り取られる。

私はこの天草で、人々が日常茶飯事に間引《まび》き、つまりは子供が生まれても食べさせていく余裕がないので、川や海で窒息させて殺してしまうことを行っているのを知り、愕然《がくぜん》としました。それは無論、人非人のする行為であるが故《ゆえ》に夜中などにこっそりと執行されるのですが、周囲の者は知っていても暗黙の了解、何も問い質《ただ》しはしないのでした。この土地は南蛮《なんばん》貿易の拠点であったが故に切支丹《キリシタン》も多く、今は幕府の方針で基督《キリスト》教は禁教とされているものの、その信仰を棄《す》てられず、隠れて天主《デウス》を信仰する者も大勢いるとマヌエルや母から聞かされていた私は、その事実を知って混乱しました。いくら貧窮していようが平気で我が子を殺《あや》める者達が、切支丹であるとは……。

私が天草に連れてこられた年は、この一帯に棲《す》む者にとって長い最悪の季節の始まりであったことを、私はすぐに知ることになります。私が天草に入る前年から、未曾有《みぞう》の凶作が始まっていました。尚且《なおかつ》、土地を治める唐津《からつ》の藩主である寺澤堅高《てらさわかたたか》は、外様《とざま》大名であるが故に、幕府に取り入ろうとして、そもそも四万二千石《ごく》の石高《こくだか》である筈《はず》の処《ところ》を倍に申告し、それを納める為《ため》、所領民に豊作であっても取り立てることが出来ぬだけの年貢を課していたのでした。そして唐津城の支城として冨《とみ》岡《おか》城を築く為、働き手になる男手を集め、築城の労役を担《にな》わせていたのです。

少し離れた肥前の島原《しまばら》でも事情は同じでした。かつて有馬《ありま》領であった地に、寺澤家と同じく外様大名として元和《げんな》二年に入封《にゅうほう》した松倉重政《まつくらしげまさ》は、七年の歳月を費やして、切支丹《キリシタン》大名として基督《キリスト》教の布教に心血を注いだ有馬義貞《ありまよしさだ》、そして切支丹であるが故に斬首《ざんしゅ》された有馬晴信《はるのぶ》などを輩出した有馬家が拠点としていた原《はら》城を廃し、切支丹弾圧に力を入れると同時に、四万石の大名の城としては過分な規模の島原城を建設しました。彼の死後も松倉家の支配は続き、私が天草に来た時に松倉家の家督を継いでいた勝家《かついえ》は、やはり石高を倍に水増しして幕府に申請し、それを重税という形で所領民に押し付けていたのです。松倉家が豪奢《ごうしゃ》な島原城を建てた頃《ころ》は、四万石の大名とはいえ、南蛮貿易で藩はかなり潤《うるお》っていましたから、多少の見栄《みえ》を張っても破綻《はたん》することがなかったのです。しかし勝家の時代になると基督《キリスト》教を弾圧していることもあり、貿易での利潤は昔程には見込めなくなっていました。それでも勝家は松倉家の威信を無理矢理にでも貫こうとしたのです。

　私はそういった事情を、天草に着いて暫《しばら》く経《た》ってから、天主《デウス》の集《つど》いを行う人々から聞かされました。たとえ姿形は奇怪《きかい》でも、葡萄牙《ポルトガル》の教会で洗礼を受けたというだけで、私を受け入れようとする健気《けなげ》といえば健気、しかし愚鈍といえば愚鈍な、敬虔《けいけん》で熱心な隠れ切支丹《キリシタン》がいたのです。彼らは週に一度、夜中に誰かの家に集まり、マリア観音《かんのん》と呼ばれる普通に見れば観世音菩薩《かんぜおんぼさつ》の像であるけれども、裏を向ければマリアの姿が刻まれているものを祈りの対象としたり、卍《まんじ》の模様が入った香炉《こうろ》の卍を十字として解釈することにより、崇《あが》めたりしていました。口伝えで伝承されてきたが故に歌の意味がよく解らぬオラショも、集いでは歌われました。ここまでして、何故《なにゆえ》に天主《デウス》を信仰しなければならぬのかが、私にははっきりいって理解出来ませんでした。この頃は褒賞金《ほうしょうきん》制度というものがあり、棄教《ききょう》していない切支丹を発見し、それを役人に報告すれば、金子《きんす》が貰《もら》えたのです。数年前には雲仙《うんぜん》で、見せしめの為に棄教せぬ切支丹達が十六名、煮え湯が湧《わ》き出す地獄の泉の中に逆さ吊《づ》りにされて放り込まれ、窒息しそうになると地上に出され、棄教をするかと問われ、否《いな》と応《こた》えればまた熱湯の中に沈められるということを繰り返された挙句《あげく》、全員が命を落としてしまったといいます。

「役人達は、切支丹《キリシタン》が教えで自害することを禁じられていることを知っているので、拷問《ごうもん》にかけるんです。志を持ったまま自害した方が遙《はる》かに楽ですが、雲仙で殉教《じゆんきよう》した人達は皆、自害は教えに背《そむ》くと、自ら命を絶つことをなさいませんでした」

何時《いっ》も集いに顔を出し、皆の世話を焼いている辺りでも一等貧しい小作《こさく》の、多分、私より二つくらい年下であろう、トシという名の娘がそう教えてくれました。トシは集う者の中で最も年が若く、それ故なのか、信仰に対して誰よりも熱心でした。集まりには顔を出すものの、皆となかなか馴染《なじ》めずにいる私に積極的に話し掛け、無邪気に、やたらと葡萄牙《ポルトガル》の教会やミサ（この地の人々はそれを訛《なま》ってミキサと呼んでいた）の話を訊《き》きたがるのもこのトシでした。

トシは何時《いつ》も継ぎ接《は》ぎだらけの手織り縞《じま》の質素な野良着《のらぎ》を着ていました。着物は野良着を二枚持っているきりであると、トシはいいました。野良着とは農作業をする時の着物である訳で、それしか持ってないとなると、普段に困るだろうと私が訊ねると、トシは、どんな着物を持っていたとしても自分は毎日、朝から晩まで田畑で働くしかないので、着ていく場所がない。だから別段、困りはしないのだといいます。少女であるのに、そして額は広いが基本的に顔立ちが整っているのに、トシは伸ばしっぱなしの髪を無造作に麻の紐《ひも》で尻尾《しっぽ》のように纏《まと》めているだけで、前髪も作らず、顔の作りを台無しにしている額を突き出していました。やけに顔が黒いのは、日焼けと垢《あか》、そして仕事による汚れのせいでしょう。小さな唇は乾燥し、切り傷と瘡蓋《かさぶた》で重厚に織りなされています。

私は彼女に、母の持ち物の中から適当な着物を一枚、やろうと思いました。もしくは髪飾りでも良いのです。何時《いつ》も世話をしてくれる礼というよりは、頼んでもいないのに勝手に面倒をみてくれていることに対する駄賃のつもりでした。こんな小汚い娘に借りを作りたくはなかったのです。しかし、余りに汚過ぎるトシを見かねたという気持ちもありました。が、トシはそんな贅沢《ぜいたく》なものは自分はいらないといいました。彼女とて年頃の少女、綺麗《きれい》なものに関心がない筈《はず》がないと思っていた私は、少し驚きました。

「では、どんなものでも手に入るとすれば、トシは何を望むのだ」

私がそう問うと、トシは「マリア様の御姿《おすがた》が見てみたい」と恍惚《こうこつ》とした表情で応えました。私は溜《た》め息《いき》をつきました。この娘は、きっと基督《キリスト》やそして聖母マリアが、そして天主《デウス》が、存在することを疑わぬのだ。それは良しとしよう。しかしこの学なき者はそれらが如何《いか》に無慈悲なものであるかということを考えたこともないのだ。信仰を守らんが為、拷問に耐え、挙句に殺されてしまう者達を、何故《なにゆえ》に全能の天主《デウス》は奇蹟《きせき》を起こして助けぬのかと、疑問に思ったことすらないのであろう。

マリアの姿をみせてやることは出来ぬがといい、私は自分の着物の襟元《えりもと》を広げ、首に掛けた純金のロザリオをトシに示しました。このロザリオは、私が葡萄牙《ポルトガル》から日本に連れてこられることが決まった時、神父《パアドレ》の部屋にそっと忍び込み、盗み出したものの一つでした。

「嗚呼《ああ》、何て尊《とうと》き十字架でしょう」

トシは胸の十字架を見るや、そう驚嘆の声を上げ、私の眼《め》の前に跪《ひざまず》き、頭を深く下げ、両手を組みました。私は困惑しました。

「トシ、こんなものにわざわざ、傅《かしず》くことはない」

「何をおっしゃるのです。信仰の足りぬ私にすら、その十字架が如何《いか》に聖なるものかはよく解ります」

本物の教会やミサも知らず、石に彫られた不細工なマリア像や、十字架といっても棒切れや鉛で作られたようなものしか見たことのない、そもそも純金というものを眼にしたことのないであろうトシにとって、私が首から下げているクルスは、この世のものとは思われぬ想像を超えた美しき代《しろ》物《もの》であったのでしょう。このロザリオは富と権威を持つ神父《パアドレ》の所蔵品の中でも、とりわけ貴重な逸品でしたから、禁教を余儀なくされている貧しき隠れ切支丹《キリシタン》の少女にとって、どんな宝石よりも眩《まばゆ》く映ったとしても不思議ではないのです。

「貴方《あなた》は、何故《なにゆえ》にそのような十字架をお持ちなのです」

まさか盗品ともいえず、私は適当に応えておけと、トシの質問に「葡萄牙《ポルトガル》の神父《パアドレ》から日本に来る際に、貰ったものの中《うち》の一つだ」といいました。

「嗚呼《ああ》、私如《ごと》きがそのようなものを拝ませて頂き、有《あ》り難《がた》い、有り難い。あめん」

「欲しいなら、トシにやるぞ」

「滅相《めっそう》もない！　そんな」

私の言葉にトシは仰天《ぎょうてん》して、後ずさりする程でした。

「冗談にもそんなことをおっしゃってはなりません。そのように尊き十字架は、よほど天主《デウス》様に祝福された人でなければ持てない、与えられぬものであることは、明らかです。……貴方《あなた》、否《いえ》、貴方様は一体、どのような……もしや、そのような十字架を持つことを赦《ゆる》された貴方様は、ビルツウデの深き、聖人であられるのではありませぬか」

ビルツウデ——つまりは、Virtude、徳や力のことだなと思いつつ、私は可笑《おか》しくなって笑いながら、首を横に振りました。この私が徳の深き聖人だと！　盗んだロザリオを見せびらかしているこの私が？　皮肉にも程がありました。

「貴方《あなた》様の眼がどんなに澄んだ海よりも碧《あお》いのも、肌が真珠に負けぬくらい白いのも、全ては天主《デウス》様の御印《みしるし》だと考えれば合点がいきます。私は無学故《ゆえ》、否《いえ》、天主《デウス》様への信仰がまだおぼつかぬ故に、貴方様の尊さを、その十字架を見せて頂くまで、気が付きませんでした。どうぞこの私を罰して下さい」

「何をいう。何故《なにゆえ》、私がトシを罰しなければならぬ。お前が一体、どんな罪を犯したというのだ」

私はこの頑固な思い込みの激しい娘のことが、面倒になってきて、不機嫌に少々、声を荒らげてしまいました。するとトシはわなわなと震え出し、やがて地にひれ伏すと、わっと泣き出したのです。

「嗚呼《ああ》、天主《デウス》様はやっぱりご存じなのですね。ですから自分の罪を告白しろとおっしゃるのですね」

私は余りに大仰《おおぎよう》に懺悔《ざんげ》するトシの姿を、まるで下手《へた》な芝居でも見るかのように眺めるしかありませんでした。見窄《みすぼ》らしい――。地面に這《は》い蹲《つくば》るトシの姿は、非情にも私の眼にはそうとしか映りませんでした。

「ええ、天主《デウス》様の申される通りです。トシは躓《つまず》きました。トシは、トシは……」

そう繰り返すトシに、私は仕方なく「打ち明けるがよい」と、神父《パアドレ》の如く、聞きたくもない、たわいないであろう罪の告白をするよう促《うなが》さざるを得ません。

「天主《デウス》様。トシは――。ひもじくて、耐えることが出来ずに、お粥《かゆ》欲しさに、教えに背《そむ》くと解っていながら、庄屋《しようや》様のいいつけに従い、庄屋様の……庄屋様の……摩羅《まら》を、この口に含みました」

まさか――。私は眼の前で罪悪感に咽《むせ》び泣く少女を凝視しました。この少女は明らかに玩《もてあそ》ばれたのだ。それなのに、自分が天主《デウス》に対して躓いたと後悔し、それを恥じている。まだ女のものもきているか否《いな》か解らぬ小作《こさく》の娘に、たった一杯の、それも粥を餌《えさ》に、自分の男根をしゃぶらせる庄屋がいるのか。腐り切っている。葡萄牙《ポルトガル》の神父《パアドレ》もマヌエルも、母を売り渡した益田甚兵衛好次も腐っているが、この信仰深き娘の空腹を見透かし、凌辱《りようじよく》したその庄屋程に、おぞましく、卑劣な男があろうか。この娘は口の中にむくつけき白濁した欲望の液体を放出されたのであろう。そして、その後に、その口で、一杯の粥を啜《すす》ったのだ。さぞかし惨《みじ》めであったろう。情けなかったであろう。が、頑是無《がんぜな》き食欲の前に少女は矜持《きょうじ》を棄《す》てたのだ。否《いや》、少女が矜持を棄てたのではない。少女の矜持は、狡猾《こうかつ》に、手折《たお》られたのだ。罪の意識を小さな胸に刻印されしこの哀れなる者は、そして天主《デウス》の前に畏《おそ》れ戦慄《おのの》くのだ。天主《デウス》、貴方《あなた》はこんなにか弱き者すら救いはしないのか。無能なる神よ。汚穢《おわい》なる神よ。


私は地に頭を擦《こす》り付けるトシの旋毛《つむじ》に手を遣《や》り、こういいました。

「汝《なんじ》の罪、穢《けが》れは赦《ゆる》された」

すると、トシは真っ赤に充血させた眼を見張りながら、顔を上げました。

「やはり……貴方《あなた》様は、天主《デウス》様の御遣《みつか》いだったのですね」

トシの顔に宿る微笑《ほほえ》みを、どうして否定出来ましょう。私は、只《ただ》、頷《うなず》きました。トシの眼からは、今度は安堵《あんど》の涙が流れ落ちました。

「その庄屋とは、この天草は大矢野《おおやの》村の庄屋、渡辺小左衛門《わたなべこさえもん》のことなのだな」

「……はい」

渡辺小左衛門とは、私の棲む村の小作を取り仕切る大庄屋であり、尚且、切支丹《キリシタン》の集いにもよく顔を見せる、父、益田甚兵衛好次よりは少し若い、齢《よわい》、五十に差し掛かろうとするくらいの男でした。

「あの庄屋は切支丹《キリシタン》ではなかったのか？」

「はい、熱心な切支丹《キリシタン》です」

「ならば、何故《なにゆえ》に」

「庄屋様をお責めにならないで下さいまし。全てはトシの弱い心が引き起こした罪なのですから。庄屋様は、私を可哀想《かわいそう》とお考えになり、しかし、粥一杯といえども只《ただ》で恵んでは私を物乞いの類《たぐい》にしてしまうというお気持ちから、敢《あ》えてあのような試練をお与えになったのです。庄屋様も同じ切《キリ》支丹《シタン》、さぞかし辛《つら》かったことと思います」

辛いものか。単なる色狂いが、己《おのれ》を正当化する為に、もしくは騙《だま》す為に、取り繕《つくろ》った卑劣な詭弁《きべん》に過ぎぬ。恥を知れ、渡辺小左衛門。この少女がお前を赦そうと、私はお前を決して赦しはしない。

「庄屋様は立派なお方です。小作の、そして隠れ切支丹《キリシタン》の私達の面倒を何時《いつ》も見て下さる。学もおありになるし、無学な私達に、解り易《やす》く神父《パアドレ》様の代わりに自分が学んだ天主《デウス》様の教えを説いて下さる。そうだ、今度の集まりで、庄屋様に、否《いえ》、皆に、貴方様のことをお知らせしても良いでしょうか。私だけが、こんな特別に良い思いをしてはいけない。皆で分けねば」

「何を分けるのだ？」

「貴方《あなた》様をです」

私はしばし考え込みました。そしてトシにいいました。

「否《いや》、私のことは先《ま》ず、渡辺小左衛門にだけ教えよう。その後、皆に知らせればよい。トシ、お前は秘密裏《ひみつり》に、私を小左衛門と会合させることが出来るか」

トシは口を開けながら頭を回転させているようでした。

「出来ると思います。否《いえ》、貴方様《あなた》がそれを望まれるのなら、命に賭《か》けても、庄屋様が一人の処《ところ》に、貴方様を御連れします」

「宜《よろ》しく頼む」

私には、考えがありました。渡辺小左衛門を上手《うま》く操れば、彼に制裁を加えるだけでなく、面白いことを起こせる可能性がある。天主《デウス》とその名の許《もと》に偽善を働く者、そして愚かにもその偽善を擁《よう》護《ご》する馬鹿者達を破滅へと導くことが出来る。私はこの天草で、葡萄牙《ポルトガル》で誓った天主《デウス》への復讐《ふくしゅう》を果たすのだ。

天草に棲み始めてから、一年の時が流れようとしていました。

＃3　談合

父、益田甚兵衛好次《ますだじんべえよしつぐ》はマヌエルから受け取った報酬で、のらりくらりと働きもせず、元は武士であるということを鼻にかけ、周囲の小作《こさく》や、侍崩《さむらいくず》れ、つまりどの藩に雇われる見込みもないのに武士の身分を棄《す》てられぬ浪人や、自分と同じように侍の身分を棄て、今はささやかに農民として暮らしを立てている者達を見下しながら生活していました。が、誰もそれを咎《とが》める者はありませんでした。咎めるどころか、益田甚兵衛好次は、少しの財を所有しているが故《ゆえ》に、それを小分けにして元は同志であった者に貸付けを行ったりしながら、庄屋《しょうや》と同じように一目《いちもく》置かれる存在に、村ではなっていたのでした。

私と母が甚兵衛好次の家にマヌエルから帰された時、甚兵衛好次は私よりも十歳程年上の女性と同居していました。甚兵衛好次は齢《よわい》、五十を越えている筈《はず》で、その女性を甚兵衛好次は私達に、武士であった頃《ころ》、世話になった重臣の娘で、今は身寄りがないので自分が娘として引き取っていると説明しましたが、それは事実であるものの、娘として面倒をみているのではなく、身寄りがないことをいいことに、面倒をみつつも夜伽《よとぎ》の相手もさせていることは明々白々でした。益田甚兵衛好次にとっては、うら若き娘を実質、武士の頃と比べれば無論貧しい、しかしながらも、妻として迎えて愉《たの》しく暮らしている処《ところ》に、異国人に売った元の妻が、異国人との間に作った子供と共に突如、戻ってきたのは不愉快であったでしょう。が、マヌエルからまたも幾許《いくばく》かの物質的な提供を受けることで、甚兵衛好次は母と私を迎え入れるのを諒《りよう》としました。とはいえ、異人との間に儲《もう》けた自分とは何の血の絡《つな》がりもない私と、年老いても妙に艶《なま》めかしい、しかし阿片《アヘン》に冒《おか》された母は、彼にとって面倒な存在には違いありませんでした。ですから私は常にまるで空気のように有《あ》るが感知出来ぬものとして無視され、扱われました。母は、婢《はしため》として常に、殴られ、蹴《け》られる毎日を余儀なくされました。阿片がなくては生きていけぬ蛻《もぬ》けの殻《から》のような母は、炊事などがろくに出来ませんでしたし、農作業の役にも立ちはしませんでした。しかし母は阿片を吸っている時は感覚が麻痺《まひ》しているので、どんなに手酷《てひど》く暴力を振るわれようが、平気なのでした。益田甚兵衛好次は、そんな母を「売女《ばいた》。武士の誇りを穢《けが》した不貞《ふてい》の女。畜生《ちくしよう》を産んだ化け物」と罵《ののし》り、酒をあおりながらいたぶることで、マヌエルから押し付けられたお荷物への不満を解消するのでした。

が、母は天草《あまくさ》に帰ってから一年後に、女の子を産み落としました。マヌエルの子ではありませぬ。

益田甚兵衛好次の子供なのです。売女と罵りつつ、そして売り渡したのは自分であるにも拘《かか》わらず、暴行を加え、夜の欲望を解消する若き女性と同居しているというのに、益田甚兵衛好次は、母と交わっていたのです。そんな甚兵衛好次もまた、庄屋の渡辺小左衛門《わたなべこさえもん》と共に、極貧の村では裕福な者であるということで、人々からは崇《あが》められ、そして、切支丹《キリシタン》としての先導者の役割を担《にな》っていたのでした。益田甚兵衛好次は、武士である頃、仕える小西行長《こにしゆきなが》の許《もと》で、ペイトロという洗礼名を授かっていました。洗礼名を持っているというだけで、そんなものを持たせて貰《もら》える機会もなかった農民達は、甚兵衛好次に自分らよりも天主《デウス》に近い者としての敬意を払うのでした。笑止千万ですが、これが天草、否《いや》、島原《しまばら》なども含むこの頃の肥前《ひぜん》、肥後《ひご》の常識であったのです。


私はトシの導きにより、渡辺小左衛門の屋敷で彼と逢《あ》うことが出来ました。トシが果たして、渡辺小左衛門と私が二人きりで話をする状況を作り出せる才覚があるのかどうか不安だったので、私は銀で作られた掌《てのひら》に収まる小さなマリア像が彫り込まれたメダイをトシに託し、これを庄屋に渡すようにと申し付けていました。

そもそもは裕福な庄屋だったことが窺《うかが》える大棟門《むなもん》を模した重厚な門が、渡辺小左衛門の屋敷には構えられていました。家屋《かおく》の中もなかなかに立派で、私が通された十畳ばかりの部屋には、仕切りとして金糸銀糸を漉《す》き込んだ唐紙《からかみ》を用いた襖障子《ふすましょうじ》が使われていましたし、置かれている簞笥《たんす》や長持《ながもち》には漆塗《うるしぬ》りが施されていました。しかしこれらは家が裕福であった時に設《しつら》えたものでしょう。これらのものを売り払おうとしても、買い受ける者が居《い》ないが故《ゆえ》に、庄屋とて台所事情が厳しいにも拘《かか》わらず、渡辺小左衛門は豪奢《ごうしゃ》な家具や調度品を屋敷に置いておくしか術《すべ》はないのです。

小左衛門は棒縞《ぼうじま》の着物に浅葱《あさぎ》色の帯を巻き、私を待たせておいた部屋に現れました。そして私の前に座ると、提煙草盆《さげたばこぼん》を引き寄せ、懐《ふところ》から煙管《キセル》を出すと、私を睨《にら》むようにし、その後に私の風体《ふうてい》をまじまじと観察していくのでした。渡辺小左衛門は、自分が部屋に入ってくれば、この家の主《あるじ》である、否《いや》、痩《や》せても枯れても村の権力者である自分の姿を認めると、立ち上がるか、米搗《こめつ》き飛蝗《ばった》のように顔を伏せるかという礼儀を、益田甚兵衛好次の息子とはいえ、所詮《しょせん》は年端《としは》もいかぬ異人の血の混じった子供の私は、当然するだろうと予測していたに違いありません。が、こんな男に社交辞令でもそんな挨拶《あいさつ》をしてやるものですか。私は自らが公家《くげ》の子供であるかのように、彼の姿を認めても座したまま動こうとはしませんでした。

「それは、南蛮《なんばん》のものかね」

渡辺小左衛門は、先《ま》ず私の着物に就《つ》いて質問しました。

「よくは、知りません」

私は敢《あ》えて惚《とぼ》けました。この日、私は女物の、光沢のある滑《なめ》らかな白地に繡箔《ぬいはく》で菊や萩《はぎ》などの文様が艶《あで》やかに入った綸子《りんず》の小袖《こそで》に蒼《あお》い天鵞絨《ビロード》製の袴《はかま》という出《い》で立《た》ちでした。普段は目立たぬように、と、一見、麻に見える風合いの木綿の地味な着物を私は着用していましたが、葡萄牙《ポルトガル》にいる頃に、マヌエルから与えられた袴と、母の小袖を併《あわ》せ、とても贅《ぜい》を尽くした格好にしてみたのです。

「禁教も緩《ゆる》く、南蛮貿易が盛んであった頃には、そのような着物を着た武家の方々を眼《め》にすることもあったが、今では侍でさえ、そのようなきらびやかな衣装は纏《まと》うまい。甚兵衛好次殿の御子息《ごしそく》であったな、この時勢に於《お》いてそんな身形《みなり》をしていると、それだけで役人から咎《とが》めを受けますぞ」

「そうなのですか。ご存じの通り、私はこの国に来てまだ一年です。何かと解《わか》らぬことが多く、戸惑うばかりです。非礼《ひれい》であったならどうかご容赦《ようしゃ》を」

「否《いや》、非礼ではない……」

私は渡辺小左衛門の頭の中に、自分が只者《ただもの》ではないということを摺《す》り込ませることに成功したことを確信しました。これで交渉はこちらが主導権を握れる。少なくとも、子供であるからと軽く見られることはない。そう思っていると、渡辺小左衛門は懐中から大事そうに、トシに託した銀のメダイを取り出しました。

「あの小作の娘が、これを預かったと」

「ええ、確かに、持たせてやりました」

「これは？」

「葡萄牙《ポルトガル》の神父《パアドレ》から与えられたものです」

「銀と見受けるが」

「銀で作られています。それが、どうしました？」

「さぞかし高価な……否《いや》、尊《とうと》いものであろうと」

「トシに聞けば、貴方《あなた》は庄屋としてこの村の小作や天主《デウス》を崇《あが》める者達にその教えを伝授しておられると」

「はい。何しろ伴天連《バテレン》追放令の沙汰《さた》が出てからもう何年も経《た》ちますので、神父《パアドレ》や宣教師はおろか、天主《デウス》様の教えを伝える者がございません」

「そのメダイは、貴方に授けましょう」

利那《せつな》、渡辺小左衛門が嫌《いや》らしくにやけるのを私は見逃しませんでした。が、小左衛門はすぐさまその悦《よろこ》びを見透かされぬようにと、流石《さすが》は庄屋、実に神妙な顔つきになって、わざわざそのメダイを私の前に差し出したのです。

「このような尊きものを、私のような者が受け取る訳にはまいりません」

「その資格がないと貴方が申されるなら、私が資格を授けましょう」

筋書き通りに事は運んでいる。ここで渡辺小左衛門が、欲に駆られてメダイを自分のものにすれば、私が彼に天主《デウス》の代行として褒美《ほうび》を与えた、つまりは渡辺小左衛門は、私をトシと同じように天《デウ》主《ス》の遣《つか》いと認めたことになるのです。

黙礼をし、渡辺小左衛門はあっさりとメダイを自分の懐にしまい込みました。げんきんなもので、その時から渡辺小左衛門は、私のことをトシと同じく「貴方様《あなた》」と呼ぶようになったのです。その余りの単純さに、私は少し失望すら憶《おぼ》えました。悪党といえども、所詮、目先の利益しか考えられぬ馬鹿なのだ。私は彼を懐柔《かいじゅう》する為《ため》に、彼を従わせる為に、黄金のロザリオを見せたり、またもや神父《パアドレ》の許《もと》から盗ってきた葡萄牙《ポルトガル》語の重厚な最上級の天鵞絨《ビロード》に金の箔押《はくお》しが施された表紙の聖書《エスキリツウラ》を取り出したりしなければならぬと思っていたのですが、その必要はないようでした。

「御畏《おおそ》れながら、貴方様は、一体？」

「知りたいか？」

「はい」

「私自身、自分が何であるのかは解らぬ。只《ただ》、天主《デウス》の意思により、この土地に来なければならなかったことは確かだ」

私はそういうと、小左衛門を見据えました。そしてこうゆっくりと呟《つぶや》きました。

「そなたの罪悪、非道《ひどう》な行いを天主《デウス》は全てご存じであること、ゆめゆめ忘れてはならぬぞ。小作の娘や妻にしている行い、その他のことを、今、ここでは並べ立てるまい」

彼がトシの他にも、庄屋という身分を借りて淫靡《いんび》なことをしているというのは単なる推測でした。が、それは的を射た想像であったようです。

渡辺小左衛門は、無様《ぶざま》に慌《あわ》て、「御慈悲《ごじひ》を……御慈悲を……」と私に向かって手を合わせるのでした。ここで彼に制裁を加えるのは簡単なことでした。が、私の憤怒《ふんぬ》は彼の腕をへし折った処《ところ》で、その命を奪った処で、収まりはしないのです。敵はもっと大きく、手強《てごわ》い。私は、渡辺小左衛門に訊《たず》ねました。

「この地で切支丹《キリシタン》達が苦境に立たされていることは知っている。が、まだまだ解らぬことも多い。私は天主《デウス》の意思に拠《よ》って何をなさねばならぬのかを早急に、考えねばならぬ。――時に、この天草以上に、島原では只《ただ》ならぬ事態が持ち上がっていると聞くが……」

渡辺小左衛門は話し始めます。

「はい。この天草でも御承知の通り、かつてなく長年続いている飢饉《ききん》の為に、餓死《がし》する者すら出る始末です。しかし役人達は、重税に重税を強《し》いてまいります。島原を統治する松倉《まつくら》様は残忍極まりなく、年貢を納められぬ者の着る蓑《みの》に火を付け、皆の前で焼き殺します。火だるまになりながら悶《もだ》え苦しむ農民の姿が面白可笑《おもしろおか》しいといい、それを蓑踊《みのおど》りと名付け、最初は見せしめのつもりだったのでしょうが、余興として愉《たの》しむようになっている有《あ》り様《さま》です。ですから島原の小作達は、否《いや》、小作だけではありません、私共のような庄屋でさえ、何時《いつ》何時《なんどき》、難癖《なんくせ》をつけられ、蓑踊りを舞うことになるか知れぬのです。切支丹《キリシタン》の弾圧もすこぶる非道《ひど》く、南有馬《みなみありま》村では、熱心な信徒である庄屋の息子が、同じく信者である小作と布教をしているのが発見されました。庄屋の家族、小作の家族、含めて十六名が、衆生《しゅじょう》の前で火炙《ひあぶ》りにされました」

「無念だな――」

「中には天主《デウス》様が何たるかも知らぬ幼き子供までいたのです。火炙りの指示をしたのは、代官の本間様と、林様でした。余りに惨《むご》い仕打ちと、信徒の数名は耐えかね、林様を襲い、殺《あや》めてしまいました」

「何――」

「本間様は取り逃がしてしまったそうですが、釜《かま》や鋤《すき》を持ち、林様に夜襲《やしゅう》を掛けたそうです。他人の命を奪うなど、切支丹《キリシタン》としては最もしてはならない行為であることは、重々承知だったと思います。しかし、地獄《インヘルノ》に堕《お》ちても構わぬと、彼らは仲間の仇《かたき》を取ったのです」

あった。見付けたぞ。導火線を——。

私は眼《め》を爛々《らんらん》と輝かせ、その時の事情を出来る限り細かく、渡辺小左衛門から聞き出しました。

「確かに、天主《デウス》は汝《なんじ》、殺すなかれ——と戒《いまし》められている。基督《キリスト》は、右の頬《ほお》を打たれたなら、左の頬を打たせなさいと説いておられる。が、天主《デウス》はこの世界に不正と欺瞞《ぎまん》が溢《あふ》れ、正義が力を持たなくなった時、自らの手で全ての者を滅ぼされた。今のこの地に、一縷《いちる》の正義が生き残る可能性があると、渡辺小左衛門、そなたは思うか？」

「それは……」

「私がこの地に遣《つか》わされた理由が今、はっきりとした。天主《デウス》を信ずる者達と共に、立ち上がり、戦い、信義の為に勝利を得るのだ」

渡辺小左衛門は、その言葉に戸惑いを隠せないようでありました。当然でしょう。藩に反抗するということは、即《すなわ》ち、幕府をも敵にまわすという暴挙なのですから。農民が団結して決起した処《ところ》で、すぐに武力で鎮圧され、その償《つぐな》いをしなければならぬのです。特に庄屋たる者、もしも自分が参加せずとも小作の中からそんな暴動を起こす者がいれば、総代としての責任を問われ、土地も家屋も没収され、斬首《ざんしゅ》されるであろうことは眼に見えています。

「恐いか？」

私は渡辺小左衛門に問います。

「勝てぬと思うか？」

渡辺小左衛門は黙します。私は立ち上がり、「そなたの信仰はその程度のものであるのだな」と強い調子で咎《とが》めると、「しかと、見ておれ」と厳《おごそ》かな口調で告げた後、襟元《えりもと》を開け、黄金のロザリオを取り出し、部屋の障子を開けました。障子の向こうは庭になっていて、そこには石の庭灯籠《にわどうろう》が立っていました。

「混沌《こんとん》たる砂漠の中の神殿。姿形現さず、生まれ出《い》づることなき力よ。今、ここに天主《デウス》に成り代わり伝える……」

私はこけおどしに、そんなグノーシスの連中から教えて貰《もら》った悪魔《ジュスヘル》を召喚《しょうかん》する時に考え出された或《あ》る文言《もんごん》を日本語に訳して、呪文《じゅもん》のように唱《とな》えた後に、叫びました。

「砕けよ！」

灯籠は一瞬にして、言葉通り、粉々になりました。私は渡辺小左衛門の方を振り返ります。

「これでも、まだ、戦うことを躊躇《ためら》うと？」

秋だというのに、夏のように強い日差しが部屋に差し込んでいました。渡辺小左衛門は眼の前で余りに唐突に不思議な事が起こったことを、どう理解して良いのか解らぬ様子でした。

「これを幻術《げんじゅつ》だと思うなら、そう思うがよい。その時、天主《デウス》はもう、そなた達をお救いにはならぬでしょう」

その時です。突然、廊下をせわしなく走る足音が聞こえたのは。足音は私達のいる部屋の前で止まり、「旦那様《だんなさま》」という声と同時に襖障子が開かれました。そこには使用人らしき小僧《こぞう》の姿がありました。

「大変でございます。旦那様！」

小僧は、息をぜいぜいといわせながら金切り声をあげます。

「何事……」

渡辺小左衛門は、自分が今、眼にしたこと以上に大変なことがあるものかという疲れ切った表情で、その子を見ます。

「玄関の、玄関の大きな桜の樹が、樹に、この季節だというのに、花が、花が咲いています」

「何だと――」

渡辺小左衛門は、そう唸《うな》ると私を見上げました。秋だというのに桜が咲く。この処《ところ》、一帯は異常な気象に見舞われているのです。狂い咲きしてしまったのでしょう。無論、秋に桜の花を咲かせることなぞ、私に出来る筈《はず》もありません。私に出来るのは思念を使った模倣《もほう》に拠る小さき物体の移動や破壊のみ。基督《キリスト》のように、葡萄《ぶどう》の樹に実がならぬようといい、その樹を枯らせてしまうことなど不可能なのです。しかし、渡辺小左衛門は、それもまた私の仕業《しわざ》であると誤認したようでした。しかしいい案配《あんばい》に、桜よ桜、狂い咲きしてくれたものよなぁ。

「奇蹟《きせき》をまだ疑いますか」

私はそういい残すと、ロザリオを胸にしまい込み、渡辺小左衛門の屋敷を後にしました。

渡辺小左衛門との会見を済ませ、私は彼がどのような行動に出てくるのかを愉《たの》しみに待っていました。渡辺小左衛門は、先《ま》ず、益田甚兵衛好次と秘密裏《ひみつり》に逢《あ》い、私のことに関して詳細に調べを行ったようでした。が、甚兵衛好次が私の幻術めいた力のことや、葡萄牙《ポルトガル》での生活を知る由《よし》もありません。しかしながら、甚兵衛好次とて算盤《そろばん》勘定の好きな男、庄屋が私に興味を持っているなら何かしらの形で自分の利益に取り込もうと考えることは、私の計算に最初から組み込まれていました。

食事は与えるし、寝床を軒先《のきさき》にすることもありませんでしたが、異人の血をひく私の存在が薄気味悪いのか、益田甚兵衛好次は、私に渡辺小左衛門が興味を抱くまで、名前すら呼ぶことがありませんでした。甚兵衛好次は私が四郎という名を持っていることすら、約一年の間、知らなかったのではないかと思います。

私が渡辺小左衛門の許《もと》を訪れてから十日くらい経《た》った頃でしょうか、益田甚兵衛好次は渡辺小左衛門に私を伴い屋敷を訪れるようにと促《うなが》されました。茶室のような小さな離れに甚兵衛好次と私は通されました。如何《いか》にも密談をするのに相応《ふさわ》しい場所、渡辺小左衛門が何かしら、不穏な相談事を私達に持ち込もうとしていることは確かでした。離れでは既《すで》に渡辺小左衛門が待っていました。私達を案内してくれた女に、三人がここを出るまで何人《なんぴと》たりともこの場に近付かぬようにと命じ、渡辺小左衛門は私の方に身体《からだ》を向け、しかつめ顔でこう切り出しました。

「先日の貴方《あなた》様が提案なさった決起の件、前向きに考えたく思います。そこで、貴方様、四郎様に事を起こす際には、総大将になって頂きたいのですが」

益田甚兵衛好次は、戦《いくさ》の経験もない子供を総大将にするという渡辺小左衛門の申し出に驚きを隠せぬようでした。

「決起して、何とか今の私達の暮らしを少しでも改善したいというのは、庄屋としてずっと考えていたことでした。が、謀反《むほん》を企《くわだ》てたとして、誰が指揮を執《と》るのか。苦しい生活を強《し》いられているのはこの村を含む天草だけではありません。島原の者達はこの天草の者以上に、悲惨な日々を送っています。従って、決起するなら、天草、島原共に団結するべきでしょう。しかし天草、島原の人間を束ねるとなると、生半可《なまはんか》な人物では、収拾を付けられません。悪政に嘆く者は、転んだ者も多数いますが、いまだに天主《デウス》様への信仰を持った切支丹《キリシタン》が殆《ほと》んどといって良いでしょう。決起する者達の上に立つ者が、天主《デウス》様の御遣《みつか》いであればどれだけ、皆、心強いことか」

「で、私に大将になれと」

「はい。貴方《あなた》様の幻術、否《いや》、奇蹟《きせき》を見せてやれば、二の足を踏んでいる者達も、必ずや一致団結し、謀反への意志を固めることでしょう」

「しかし……小左衛門」

益田甚兵衛好次が口を挟もうとするのを制して、渡辺小左衛門は続けます。

「実は、湯島《ゆしま》という無人の島で、切支丹《キリシタン》である天草や島原の庄屋や、益田様のような元武士である者達は、秘《ひそ》かに談合《だんごう》を持っております。昨晩も私は、その談合をしてまいりました。そこで四郎様のことを皆に伝えたのです。私が四郎様を総大将に決起すれば、必ずや道は開けると申しますと、皆、本当にそんな天主様《デウス》の御遣《みつか》いが導いて下さるならと、大いに乗り気でした」

「そうか、皆、泣き寝入りしていた訳ではなかったのだな」

私がそういうと、渡辺小左衛門は大きく首を縦に振りました。

「泣き寝入り出来るのであれば、幾《いく》らでも泣きましょう。しかし、餓死《がし》する者すら跡を絶たぬこの飢饉《ききん》の中、無茶な年貢を要求されては、泣くことさえ出来ますまい」

「よし、解《わか》った」

私が渡辺小左衛門の要求を呑《の》もうとすると、益田甚兵衛好次は「待て。待ってくれ」と怯《おび》えた様子で、顔を前に突き出しました。

「決起するのは良い。仕方ないことであろう。しかしこれは、無論、信仰の弾圧への抗議であると同時に、明らかな一揆《いっき》、百姓一揆ではないか。その一揆の総大将に、この――この四郎を立てるとなると……」

益田甚兵衛好次のいいたいことは解っていました。今は農民に身を堕《お》としているものの、自分は武士の出である。その武士であった自分の子供が、一揆に加担するならまだしも、大将に収まれば、後、自分はどうなるのだ。――甚兵衛好次の腹は、渡辺小左衛門も私と同様、ちゃんと見透かしていました。小左衛門は、甚兵衛好次の気色《けしき》を失った面《つら》に微笑《ほほえ》みかけ、実に下世話な目付きでこう呟《つぶや》きました。

「はて、この四郎様は、益田様の御子息でありましたかな」

益田甚兵衛好次と私が、渡辺小左衛門の意図を察したのはほぼ同時でした。

なるほど、謀《はか》られた。私は自分の若さ故《ゆえ》の無邪気な復讐心《ふくしゅうしん》故に、上手《うま》く利用されようとしていたのです。渡辺小左衛門を含めて、どの庄屋達もがもう一揆しか生き残る手段はないと解っていながらも、それを企てなかったのは、首謀者になると申し出る者がいなかったからなのです。そこまでは私も、解ってはいました。しかし渡辺小左衛門は、この私、母と葡萄牙《ポルトガル》人の間に生まれた私を大将に仕立てれば、一揆が成功したとしても失敗したとしても、最後に責任を取らされるのは、私一人であると巧みに思い至ったのです。益田甚兵衛好次は、私を産んだ母のことを不貞《ふてい》の妻として訴えればよい。湯島で私を大将にと賛同した者達も一揆の首謀者が自分や自分の不利益になる者でなければ、と話に乗ってきたのでしょう。よくもそのような奸計《かんけい》を巡らせられるものだ。天主《デウス》様の御《み》遣《つか》いが大将ならば足並みが揃《そろ》うと、信仰篤《あつ》き者の振りをして、己《おのれ》の保身を真っ先に考える者共《ものども》の策略に、私はまんまと自分で種を蒔《ま》いておきつつも、嵌《は》まっていたのです。

益田甚兵衛好次は、まるで上手く他人の懐中を抜き取った盗人《ぬすびと》のように、薄気味悪く笑いました。

「確かに、総大将は、この四郎でなければならぬな。妻はとうに離縁してあると、幸いなことにかつて同志だった者達にはいってある。しかし念には念を入れねばならぬ。益田の名前がこの子に付いていては」

「突如、救世主の如《ごと》く天草に舞い降りた神童。名は、天草……天草《あまくさ》四郎《しろう》時貞《ときさだ》としては如何《いかが》です」

「妙案だ」

二人の遣《や》り取りを聞きながら、私の腸《はらわた》は煮えくり返っていました。が、ここで私が一揆の総大将を降りるといってしまえば、私は何もなすことが適《かな》わぬのです。いいとも、ぅぬらが私を、得体の知れぬ神か悪魔《ジュスヘル》か幻術使いか解らぬ、天草四郎時貞にするのなら、なってやろうではないか。身勝手で卑怯千万《ひきょうせんばん》ならうぬらの一揆の総大将として奉《たてまつ》られ、民《たみ》を扇動してやろう。が、憶《おぼ》えておけ。天主《デウス》への反旗を翻《ひるがえ》した私は、自分が地獄《インヘルノ》に堕ちるなら、これからうぬらも道連れにしてやろう。自分だけは生き残ろうとするその小賢《こざか》しさを発揮してる間に、その浅はかな知恵を巡らす頭ごと、首からすっぱりもぎ取ってやるわ。

私は凛《りん》とした声でいいました。

「今から私は、天草ジェロニモ四郎時貞となりましょう。そして天草の者、島原の者を束ね、その軍を導きましょう。天主《デウス》もそれをお望みの筈《はず》です」

二日後、私は湯島へと渡りました。天草という土地は島になっていて、島原の半島に出向こうとすれば鬼池《おにいけ》の港から口之津《くちのつ》の港へと海路を用いて至るのが通例となっていました。湯島という小さな無人島は、島原からも天草からも遠くない、双方の者が会合するには丁度《ちょうど》良い場所に浮かんでいました。渡辺小左衛門と益田甚兵衛好次と共に小舟に乗り、私が湯島に到着すると、もう既《すで》に数人の者達が火を囲んで何やら話し合いをしていました。

「このお方が、益田様の、否《いや》、天主《デウス》様が御遣《おつか》わしになった天草四郎時貞様だ」

渡辺小左衛門と同じように庄屋である者もいれば、元は侍だという、腰に刀を差し、身形《みなり》だけは武士の風情《ふぜい》である者も数名いました。庄屋達はそれぞれに、加津佐《かづさ》、小浜《おばま》、有家《ありえ》、茂木《もぎ》などと自分の管理する田畑がある村と自分の名を告げ、侍崩《さむらいくず》れは、杢右衛門《もくえもん》、宗意、山善などと、本名か偽名か解《わか》らぬ名で自己を紹介しました。

その中に私は一人、奇妙な人物を見付けました。庄屋や農民とも思えず、武士の成れの果てとも見えぬその男は、歳《とし》の頃なら三十位でしょうか、朱色の更紗《サラサ》の奇妙な模様が入った小袖《こそで》をしどけなく纏《まと》い、派手な丸帯を巻いていました。その上からは龍《りゅう》の絵の入った羅紗《ラシャ》の、しかし羅紗とはいえ随分使い込んだもののようで光沢がなくよれよれの黒地の羽織《はおり》を肩に掛け、やけに長い煙管《キセル》をふかしていました。彼が吸っているものが只《ただ》の刻み煙草《タバコ》ではなく、阿片《アヘン》であることを、私はすぐに悟りました。母の煙管を使う時と同様の匂《にお》いがしたからです。まるで遊女の仮装でもしているかのようなその男は、やはり頭も遊女のように無造作に唐輪《からわ》にしているのでした。男は自分のことを絵師だと称し、名を山田右衛門作《やまだうえもんさく》と名乗りました。

　侍崩れの者達は、皆、益田甚兵衛好次と同じく元は小西行長の家臣か、有馬晴信《ありまはるのぶ》の家来でした。そして、決起するならば、刀や鎧《よろい》などの武具は自分達がすぐにでも調達出来るといいました。しかしどのような方法で、何時《いつ》、事を起こすのかということを決められる者はいませんでした。

「島原、天草、その他の土地の者も入れて、どれだけの人数が揃《そろ》うのだ」

　私は火を囲む者達の誰に訊《き》くでもなく、問い掛けました。

「こればかりは、解らんね」

　私の質問に応《こた》えたのは、絵師の山田右衛門作でした。

「島原、天草、併《あわ》せて一万集まるという者もいれば、千名揃えるのがやっとだろうという者もいる。小作や、小西、有馬の旧家臣のどれだけが、一揆に加勢するか。禁教が厳しくなった今、どれだけの切支丹《キリシタン》がいるのかさえ、誰も把握出来ていない状態では、やってみないことには解らない」

「では、作戦の立てようがないではないか」

「ないね。だから先《ま》ず、一揆を起こす予兆を各村に流す処《ところ》から始めなければならないだろう。坊や、否《いや》、四郎様、だな。俺《おれ》はこう考える。先ず、島原、天草共に、ここに居《い》る者達で、四郎様の噂《うわさ》を広める。天主様《デウス》に遣《つか》わされし救世主の神童が天草に降りられた、とな。で、噂が或《あ》る程度浸透した処で、四郎様には天草の、そこに居る大矢野《おおやの》村の庄屋に見せてやったような、奇蹟《きせき》というやつを、大勢の農民達の前で披露して貰《もら》う。そうすれば、四郎様に付き従う者の数が或る程度、読めてくるだろう」

口の利《き》き方は粗雑ながらも、この絵師のいうことは最も堅実に思われました。

「四郎様の奇蹟を見せるか、伝えれば、家族、親類、近隣の者や小作を入れて、私は百名くらい、集められる」

そう怒鳴ったのは、口之津《くちのつ》の大農民である、与三左衛門《よさざえもん》という老人でした。如何《いか》にも血気盛んな顔つきをしたこの老人は、隅の方から皆が囲む火の傍《そば》まで近付き、拳《こぶし》を上げました。火の向こうに見えるその顔は、まるで修羅《しゅら》のようでした。彼は続けます。

「つい、四日程前、ここには来ていないが、有馬村の庄屋は年貢が払えぬばかりに、娘を連れ去られ、その娘は罪人のように柱に括《くく》り付けられて、皆に晒《さら》され、挙句《あげく》に火で焼かれて殺されたというじゃないか。うちだって、未進米《みしんまい》がまだ三十俵もあるんだ。そんな米が、一体、何処《どこ》にある？ 金で買えるなら、家屋《かおく》、田畑を売り払っても、三十俵の米を買う。それを納める。何時《いつ》、同じようなことをされるか、おちおちしていられない。万が一の時の為《ため》に、だから、刀やら槍《やり》やら長刀《なぎなた》を農具箱に揃えてある。悠長なことはやってられぬ。一刻も早く、一揆に出なければ」

そう意気込む与三左衛門を、山田右衛門作は諫《いさ》めました。

「気持ちは解る。だけども、事を起こすには準備ってものが必要だ。爺《じい》さんが人数を掻《か》き集めて、勝手に一揆をやらかせば、島原と天草で集結して起こす一揆、否《いや》、もうこの規模になれば戦《いくさ》だな、それがやり辛《づら》くなる」

「絵描き風情《ふぜい》に、何が解る」

「悠長に、無駄に戦の時を延ばすつもりはない。いい具合に、今は参勤交代で、冨岡《とみおか》城の御殿様も、島原城の御殿様も、城を留守にしていらっしゃる。城主が江戸に居るうちに一揆は成功させる。いいか、少しの間辛抱すれば、こっちは一万や二万を軽く超す軍になるかもしれないんだ。俺達の目標は、冨岡城、そして島原城の落城だ」

「そんなことが、出来るのか……」

与三左衛門は急に顔色を変えました。

「出来る。ここに天主様《デウス》の御遣《みつか》いが現れたのだぞ。話が大き過ぎて、胆《きも》が縮んだか？　信じろ。勝利を。切支丹《キリシタン》なら。心に迷いが出た時は、サンチャゴと叫べ」

「何だ？　サンチャゴというのは」

「聖地を戦い守り抜いた守護神の名前だよ」

そんな名前は、確かに何処《どこ》かで聞いたことがある。この山田右衛門作という男、なかなか侮《あなど》れぬと、この時、私は思いました。

「戦《いくさ》には揃いの衣装も必要だろう。そう思って、俺は自分の見知った女達にこっそりと、白木綿で胴抜《どうぬき》と軽衫《カルサン》を作らせてある。千着くらいは用意出来ているだろう。戦を起こすとなれば、急いで一万、二万のそんな白装束《しろしょうぞく》を縫わせる。戦で大切なものは何か解るか。武力でも兵法《へいほう》でもない。身形《みなり》だ。刀などなくとも、それ相応の身形をしていれば敵は怖じ気《おけ》づく。指揮を執《と》る者は兵を従わす為に威厳のある身形をしなければならぬし、兵達に団結と覇気《はき》を持たせようと思えば、簡単なものでいいのだ、揃いの着物を与えてやることが有効なのだ。――どうだ、これが戦の準備ってもんなんだよ」

この奇妙な絵師がそんな準備をしていたとは、集まっている誰もが初めて聞くことのようでした。否《いや》、彼に参謀《さんぼう》としての能力があったことすら、皆、知らずにいたのでしょう。山田右衛門作が語り終えると、急に妙な緊張感が漂い始めました。一揆は一揆ではなく、戦《いくさ》なのだ。そしてそれは本当に始まろうとしているのだ。それぞれがそれを胸に、ようやく現実のものとして刻んだのでした。一体、私が現れるまで、この島でこの者達は何を話し合い、何をしようとしていたのでしょう。きっと、一揆しかないといいながら、それを率先して行う勇気も持てず、只《ただ》、弱者である自分達を悲しみ、天主《デウス》に届かぬ無意味な祈りを捧《ささ》げるのみだったのでしょう。仲間が、家族が、次々と虐待され、殺されていくのを、傍観し続けていたのです。

お前達が虐《しいた》げられてきたのは弱いからではない。お前達は、戦うことに怖じ気づき、自分を被害者の立場に置いておくことで安心していただけだ。戦うことを放棄した者に、勝利などもたらされる訳がないではないか。思えば、戦った者達もいたのだ。切支丹《キリシタン》の家族らを焼き殺した代官を赦《ゆる》せぬと、後先考えず、報復に出た勇敢な小作達もいたではないか。何故《なにゆえ》、それに続かなかった。黙って耐え忍んだ？　忍び難《がた》きを忍ぶのが、お前達の美徳だとでもいうのか。弱者に甘んじるお前達はきっと、自分よりも更に弱者を見付けては、憂《う》さをはらすのだろう。醜悪だ。益田甚兵衛好次の醜悪さにも、渡辺小左衛門の醜悪さにも反吐《へど》が出るが、怒りを怒りとも思えず、泣き言だけをいい、無抵抗でいるお前達、そしてお前達を代表とする者達、全てが等しく醜悪なのだ。何万人になるか知れぬが、出来る限り多くの痴《し》れ者《もの》達を、この私が戦場に連れ出してやろう。生きることとは戦い、血を流すことだということを教えてやろう。天主《デウス》に成り代わり、私が、世界の本当の残酷さと試練を与えてやろう。――私はそう決意を新たにし、握り拳に力を込めました。

「四郎様。明日から、俺達は救世主の降臨《こうりん》を触《ふ》れてまわる。貴方様《あなた》は、基督《キリスト》の生まれ変わりとして、派手に動き回って下さい」

山田右衛門作の声に、私は強く頷《うなず》きました。

＃4　蜂起

上は白い絹の襦袢《ジュバン》、下は腰から膝《ひざ》に掛けて異常な膨《ふく》らみを持たせ、脛《すね》の部分はぴったりとその太さに合わせ、銀の釦《ボタン》を過剰なくらいにあしらった黒い天鵞絨《ビロード》の、兵達が穿《は》くすとんとした踝丈《くるぶしたけ》の簡易な南方型の軽衫《カルサン》とは異なる、北方型の権威ある者の象徴である軽衫を穿く。そしてそこに神父《パアドレ》が着るコープを改良し、広口の袖《そで》を付け、陣羽織《じんばおり》の如《ごと》く仕立てた、羅紗《ラシャ》のマントを羽織《はお》る。マントは黒地であるが、黒地であることが解《わか》らぬくらいに金のモールがびっしりと細かく縫い込まれ、羽織にすれば前の紋が入る場所にはそれらの刺繍《ししゅう》よりも更に凝《こ》ったクルスが銀糸で入れられ、背中に至っては、全面に十字の文様が大きく入れられている。おまけに首には大きな蛇腹《じゃばら》のような白い褶襟《ひだえり》を巻き、頭は鬢《びん》付けをきっちりと髪全体に付け、後ろは束ねて少し持ち上げ、前は真ん中から顎《あご》の辺りまで分けて伸ばすという若衆《わかしゆう》の髷《まげ》を模した女の髪形。——それが、捏造《ねつぞう》された天草四郎時貞《あまくさしろうときさだ》の姿でした。

　私の服装や髪をこのようにすると決めたのは、山田右衛門作《やまだうえもんさく》で、彼は有象無象《うぞうむぞう》の農民達の総大将として人心を摑《つか》むには、難しい言葉は邪魔、彼らが眼《め》にしただけで仰天《ぎようてん》し、この世の者ではあるまいと思わせる姿形をすることが有効であると判断したのです。陣羽織型のマントの元になるコープは、私が神父《パアドレ》の部屋から盗んだ中にありましたから、仕立て直すのは針仕事の出来る者がいれば、簡単に出来ました。女の如き髪形は、山田右衛門作が私の身形《みなり》を整える為《ため》に呼んできた島原《しまばら》の数名の遊女の提案に拠《よ》るものでした。遊女達は今、自分達の間で流行している髪形を私に採用しようと考えたのです。「女子《おなご》以上に華奢《きやしや》な、それでいて美麗な顔立ちをしておられるのですから、女子の髪形をなさいまし」。いわれるがままに、妙な衣装と髪形にされた私を見て、山田右衛門作も、遊女達も手を叩《たた》きました。「何と摩訶《まか》不思議な神々《こうごう》しさを御持ちなのでしょう。御殿様や御公家《おくげ》様の姿や御顔を見たこともありますが、貴方《あなた》様以上にお美しい男子《おのこ》を見るのは初めてです」。口々に遊女達はそう誉《ほ》めそやし、顔を上気させるのでした。確かに姿見《すがたみ》で見せられた私の姿は、自分でいうのも変ですが、恐ろしく神秘的でした。南蛮《なんばん》のものとも日本のものとも思えぬ、聖職者とも婢《はしため》ともどちらともいえぬ、奇妙な出で立《いた》ちがしっくりとあたかも尊《たつと》き長《おさ》の装束《しようぞく》の如く馴染《なじ》んだのは、私の碧味《あおみ》がかった瞳《ひとみ》と茶色い髪の色が幸いしたのだと思います。

「これから皆の前に現れる際は、この格好を崩さぬようお願いいたします。身繕《みづくろ》いの全ては、この遊女共が御世話いたしますので」

山田右衛門作は、黒漆《くろうるし》が掛けられた鞘《さや》に柄《つか》は手の込んだ銀の環頭《かんとう》、鍔《つば》は十字の形になっている南蛮鍔という脇差《わきざし》と、銀地に白で十字の文様が大きく描かれた軍配団扇《ぐんばいうちわ》を私に携帯するようにと差し出し、うやうやしく私にそう願いました。私はそれを諒《りょう》としました。

山田右衛門作は、寿庵《じゅあん》という名義で、巻紙に以下の文言《もんごん》を認《したた》め、それを島原、天草に流布《るふ》させるようにと、湯島《ゆしま》で談合《だんごう》する庄屋《しょうや》や侍崩《さむらいくず》れの者達に指示していました。

「今から二十六年、昔、天草から追放されし、マルコスなる神父《パアドレ》が残した預言に拠れば、本年、異常な気象と共に、天草に一人の、天主《デウス》の印《しるし》を持つ十六歳の男子、現る。この男子、神童にして、神《じん》通力《つうりき》を持ち、衆生《しゅじょう》を救う為、数多《あまた》の奇蹟《きせき》を行い、信仰篤《あつ》き者達を天主《デウス》の旗の許《もと》、救済するとある。天草の益田《ますだ》甚兵衛《じんべえ》好次《よしつぐ》の許に身を寄せし、男子、四郎、これに相違なく、この者の出現により、まさに機は熟せり。我等《われら》切支丹《キリシタン》は彼の指示に従い蜂起《ほうき》し、天国《パライソ》への道を勝ち取らん」

ここに出てくるマルコスという神父《パアドレ》は、確かに二十六年前、天草に居を置き、布教活動をしていた有名な葡萄牙《ポルトガル》人であるといいます。が、彼がそのような言葉を遺《のこ》したというのは真っ赤な嘘《うそ》で、全ては山田右衛門作の作り話でした。が、この文章は、まことしやかに島原、天草を中心に確実に伝播《でんぱ》しているといいます。私は、何故《なにゆえ》に嘘を書くのであれば、私の歳《とし》を十五歳と書かず、十六歳にしたのかと問うと、右衛門作は自分の頭をぴしゃりと叩きました。

「四郎様は十五歳でございましたか。失敗、失敗。益田甚兵衛好次に訊《き》けば、四郎様の御年は知らぬ。ならば生みの親である母親に訊《たず》ねておいてくれと申したのです。すると甚兵衛好次、妻は四郎を十六だといっているというので、間違いなかろうと、十六と書き記しましたが、十五でしたか。申し訳ない。四郎様、寿庵の文章はもう既《すで》に出回っているが故《ゆえ》、御年は十六ということにしてくれませぬか」

一つとはいえ、唯一の肉親である母が、私の歳を間違って憶《おぼ》えていたとは……。阿片《アヘン》中毒であったとしても、母は母。私は一抹《いちまつ》の淋《さび》しさに挫《くじ》けそうになりましたが、辛《かろ》うじて気を持ち直し、山田右衛門作に「解った。私は十六だ」と応《こた》えました。

私は然《しか》るべき時に備え、皆に姿を見られぬよう、暫《しばら》く湯島で寝起きをすることになりました。夜でも、異常気象のせいで夜具さえあれば、秋も深いというのに、真夏のような気温、寒くて寝つけぬことはありませんでした。そしてとうとう、私が、天草四郎時貞として姿を現す日がやってきたのです。

私は暴動を起こしても止《や》むなしという怒りと、自分達はこの先、どうなってしまうのだろうという不安の心情に大きく皆が、支配されている処《ところ》に出現しなければなりませんでした。無論、そのような感情は、ここ数年、全ての民《たみ》が持ち合わせているものです。が、何か改めてその感情を揺り動かされるようなことがないと、皆、激昂《げっこう》も何もかも諦念《ていねん》という日常の中に仕舞い込んでしまうのです。山田右衛門作は、火種を作るべきだと主張しました。そして談合《だんごう》の結果、三十俵の未納の年貢がある与三左衛門《よさざえもん》が、自分は老人であるし、このまま暮らせたとしても天命に限りがある。従って、自分が松倉《まつくら》家の家臣を怒らせ、捕縛され、見せしめに拷問《ごうもん》されようといいました。「下手《へた》をしたら、爺《じい》さん、死ぬことになるぞ」と山田右衛門作がいうと、与三左衛門は「私が拷問に掛けられた挙句《あげく》に死んだならば、それこそ、一揆《いっき》を起こすいい機会が出来るではないか」と返します。渡辺小左衛《わたなべこさえ》門《もん》を始め、集まった全ての者がその意気込みを買い、与三左衛門に拷問される役を任せることにしました。

「年寄りだとはいえ、簡単に参るな。四郎様が現れるまでの辛抱《しんぼう》だ。四郎様が皆の前に降臨《こうりん》すれば、すぐに志願者を集め、攻撃に出る。そして松倉家の島原城、寺澤《てらざわ》家の冨岡《とみおか》城をそれぞれ分かれて、一気に攻める」

　こうして与三左衛門は、一揆、否《いや》、戦《いくさ》の火種になることを約束したのです。が、渡辺小左衛門、山田右衛門作を含む他の者達は、与三左衛門には助けに行くといいつつ、彼を助けるつもりなどありませんでした。渡辺小左衛門がいいました。

「あの与三左衛門が、捕われたくらいで、人心《じんしん》が動くものかね」

「難しいな。何しろ、自分は一揆を起こすなら百名は集められるといっていたが、百名など何の役にも立たぬ。口之津《くちのつ》だけでなく、他の土地の小作《こさく》達も立たせるのであれば、拷問の挙句、死んで貰《もら》うしかあるまい」

　山田右衛門作が、険《けわ》しい表情で応《こた》えます。

「先《ま》ず、与三左衛門が捕われる。爺さんが拷問に掛けられている間、島原、天草で各々《おのおの》が四郎様の出現を触《ふ》れ回り、農民、漁民を一時《いっとき》に口之津の海岸に集める。そこで四郎様に御登場願う。四郎様が不可思議な業《わざ》で皆を驚かせ、集まった者達の気持ちを固めさせた処《ところ》で、与三左衛門の爺様には死んで貰おう。与三左衛門の死を知らされた者達は、四郎様の戦うのだという言葉で、一斉に立ち上がる。しかし島原城、冨岡城、共に簡単には落城せぬだろう。俺《おれ》達は、それでも各城に戦いを仕掛けるのだ。或《あ》る程度の成果は上げられる筈《はず》だ。老中、家老の首一つでも獲《と》れれば上等。そのまま、俺達は戦いを適当な処で切り上げ、今は廃城となった原《はら》城に立て籠《こ》もる。そして改めて各城への再攻撃を掛ける準備をするのだ。原城に俺らが拠点を置けば、蜂起《ほうき》し損ねた各村の者達も続々と、原城にやってくるだろう。そして充分な兵の数を確保したならば、四郎様を頭《かしら》とした軍は、本格的に総攻撃を開始する」

確かに周到な計算でありました。が、拷問を志願し、助けると約束したあの与三左衛門を、余命幾許《いくばく》もないからといって、みすみす見殺しにしなければならないのでしょうか。他に手立てはないのでしょうか。私は何度も山田右衛門作に、そのことを訊《たず》ねました。

「四郎様。確かに俺はあの爺さんを見殺しにする計画を立てました。が、見殺しにはするが、無駄死にはさせません。悲しい哉《かな》、四郎様、これは戦《いくさ》なのです」

与三左衛門が捕えられたという知らせが入ってきました。彼は松倉家の家老職を退いて隠居の身分となった田中宗甫《たなかむねすけ》なる者の手に拠《よ》って、水牢《みずろう》に入れられたといいます。

「四郎様。あの爺さんが水牢に入れられたという話は、早くも他の村の小作らも知る処《ところ》となっております。明日、爺さんが捕えられたことをうけて、口之津村の者らが口之津の海岸に集まります。他の村の者にも四郎様の出現を伝え、海岸に無理をしてでも来るよう、各庄屋らに呼び掛けさせています。口之津から遠い村の者達はなかなかやって来ないでしょうが、天草の者は渡辺小左衛門の働きかけもあり、かなりの人数が集まります。渡辺小左衛門は、天草では、信心講《コンフラリヤ》、つまりは隠れ切支丹《キリシタン》の会合の元締めのようなことをやっていますから、熱心な切支丹が大挙するでしょう」

私はあの愚鈍なトシのことを思い出していました。トシ、そなたも明日、口之津の海岸に来るのか。トシは救世主となった私の姿を見て何と思うのだろう。しかしこうして戦《いくさ》の総大将になった事の始まりは、トシに純金のロザリオを見せた処からだったな。私は黄金のクルスを右手で握り締めました。

「右衛門作――」

私はせわしなく阿片《アヘン》を煙管《キセル》で吸う山田右衛門作に訊ねました。

「集まる切支丹《キリシタン》の中には、女子供もいるのではないか？」

「無論、大勢いるでしょう」

「それらの者も、そなたは戦《いくさ》に駆り出すつもりか」

山田右衛門作は、深く阿片を胸に押し込めると、私を見据えていいました。

「否《いや》、基本的に女子供は兵力になりませんから、実際に命の遣《や》り取りをするのは、男達だけにします。とはいえ、女子供も軍勢の頭数として加えなければなりません」

「何故《なぜ》だ」

「これは単なる農民一揆ではなく、切支丹《キリシタン》の蜂起だからです」

「意味が呑《の》み込めぬな」

「つまり、兵としては起動させずとも、女子供も軍に加わっているとなれば、それだけで先《ま》ず、軍の数が膨《ふく》れ上がります。敵方にとって相手の軍勢は多ければ多い程、脅威となるのです。そして男だけではなく、女子供までもが立っているという事実は、こちらの団結の根深さを向こうに知らしめる恰好《かっこう》の材料となります」

「女子供は、戦わずとも支援しているだけで戦力となるということか」

「そうです。お考え下さい。一対一の果合《はたしあい》をする時、その一方に多くの声援があれば、声援を受けた者は普段以上に力を発揮することが出来るでしょう。その反対に百戦錬磨の猛者《もさ》とはいえ、相手に多くの味方があり、こちらは孤立無援という状態に置かれれば、常の実力が出せぬもの。——これは兵法の基本です」

「女子供は、死なぬのだな」

「戦《いくさ》ですから、女子供とて、多少の犠牲は出るでしょう。しかし極力、それは避けるよう配慮するつもりです」

私は天主《デウス》を恨んでいる。そして天主《デウス》が創造したこの世も、人間も全てが憎い。が、何時《いつ》の時にも、最後に最も虐《しいた》げられるだけの女子供、力なきそれらの者達までもを私怨《しえん》の巻き添えにすることは避けたい。決して私の中に慈悲の念がある訳ではないのです。しかしながら、もしそれらのまるで非力な者達までもこの戦《いくさ》で殺《あや》めてしまえば、私は私が挑《いど》もうとする理不尽な力を行使する天主《デウス》と同じになってしまう。暴君に成り下がってしまうのです。それは私の戦いの信条に反することでした。

湯島から口之津の海岸に向かう舟には、私と山田右衛門作、益田甚兵衛好次が乗り込むことになりました。三人乗れば一杯の小舟ですから、それだけの者しか乗船出来なかったのです。山田右衛門作はくだんの遊び人ふうの着物を脱ぎ、きちんと髷《まげ》を結い、白い綿の着物に白の羅紗《ラシャ》の羽織《はおり》、そして白い袴《はかま》という姿。この日の為《ため》に絵師の腕を振るい、大漁旗のような大きさの四角い豪華な旗を作って持っていました。「これが俺達の旗印、原城に籠《こも》ってからは陣中旗となります。天主《デウス》の旗とでも名付けましょうか」

白布の中央には葡萄酒《ぶどうしゅ》を盛った金の聖杯、聖杯の上には銀で丸が描かれ、その丸の中には金の十字架が記されています。聖杯の両端にはそれを拝むような形で、二体の羽を持つ天使の姿がありました。そして旗の一番上には古《いにしえ》の葡萄牙《ポルトガル》語で、「LOVVAD ◦ SEİAOSÃCTİSSİM ◦ SACRAMENTO」となる文字が配されているのでした。訳せば、「最も尊《とうと》き基督《キリスト》の聖体による秘蹟《ひせき》を誉《ほ》め賛《たた》えよ」ということになるのでしょうか。私はその旗の美しさに仰天しつつも、何故に、葡萄牙《ポルトガル》にいた私でさえ解読するのが少々、厄介な、中世の葡萄牙語《ポルトガル》を山田右衛門作が知っているのかが、不思議でなりませんでした。が、それを訊ねても山田右衛門作は、自分が習った葡萄牙語《ポルトガル》の教師が年寄りだっただけのことでしょうといって、肩透かしを食らわすのでした。舟の先には私が立ち、その後ろで山田右衛門作が天主《デウス》の旗を持ち、益田甚兵衛好次が舟を漕《こ》ぐ。――役割分担は、決まりました。

私と山田右衛門作は湯島で暮らしていましたが、益田甚兵衛好次は、当日の朝に小舟でやってくる手筈《てはず》になっていました。益田甚兵衛好次が島に着き、私達は口之津を目指して漕ぎ出します。櫂《かい》で水を掻《か》きながら、益田甚兵衛好次は山田右衛門作に、愚痴《ぐち》るように洩《も》らしました。

「あの口之津の与三左衛門、とんだ食わせ者だな。私達には、余命短い自分が拷問を受けるといっていた癖《くせ》に、いざとなると腰が引けたらしい」

「何？」

私と右衛門作は、甚兵衛好次の顔を見ました。

「それでは、水牢に入れられたという話は、まやかしであったのか？　それでは四郎様が口之津に向かう意味がなくなる」

「水牢には、与三左衛門の息子の嫁が入ったそうだ。臨月で何時《いつ》、子供が産まれてもおかしくないという身重《みおも》の嫁を、与三左衛門は、己《おのれ》の身の可愛《かわい》さに、代わりに差し出したんだそうだ。私も昨晩、小左衛門から聞かされるまで、知らなかった。与三左衛門は嫁が自分の身代わりに、制したにも拘《かか》わらず進んで出ていったという。田中宗甫に責めは自分が受けるから嫁は帰してくれと再三の懇願をしたけれど、身重の女の方が拷問に掛ける相手としては面白《おもしろ》いといって、聞き入れて貰えなかったというが、どう考えても嘘《うそ》だな」

またしても、我利我欲《がりがよく》か。弱き者がより弱き者を犠牲に差し出す姑息《こそく》な臆病《おくびょう》さと防御の知恵が蛇《へび》の頭のように気味悪く持ち上がり、その口から真っ赤な舌を出したのだ。何時《いつ》でも最後は、力なき、女子供が最大の屈辱と暴力を被《こうむ》る。恥も誇りもないのだな、与三左衛門。お前がのほほんと今から始まる戦《いくさ》に参戦するなら、私は一番に、味方であるお前の首を獲《と》ってやる。

「右衛門作、どうするのだ！」

私は何処《どこ》に激情をぶつけてよいか解《わか》らず、私と同じように狼狽《うろた》える山田右衛門作に問いました。

「妊婦が水牢に入っている。――しかし、四郎様、作戦は変わりません」

「殺すというのか……」

「殺し……ます」

「お前も、誰も彼も、畜生《ちくしょう》以下だな」

「堪《こら》えて下さいまし。憎ければ、後でこの山田右衛門作を、石持て殴り殺して下さい」

「お前のような非情な者を殺《あや》めるには、石すら勿体《もったい》ない」

そのような遣《や》り取りをしていると、やがて口之津の海岸が見えてきました。海岸には私が思った以上の人出が確認出来ました。

「何人いる？」

「解りません。しかし俺が思った以上に、集まっていますね」

舟はどんどんと海岸に近付きます。人々の姿も次第にはっきりと視界に入ってきます。先頭にいるのは、渡辺小左衛門。その横には、トシ、トシがいるではないか。相変わらずの野良着《のらぎ》を着て、手を振っているのは、トシだ。トシを始め、殆《ほとん》どの者が何かを叫んでいます。否《いや》、叫びではない。それはオラショでした。

「右衛門作、この海は遠浅《とおあさ》だな」

「はい」

「浜から十間《けん》くらいの処で舟を止めてくれ」

「何をなさるつもり？」

「天草四郎時貞の奇蹟《きせき》、ここに集まりし者達に見せつけてくれる」

山田右衛門作は、いいつけ通り、舟を停止させました。私は目の前の海を眺め、そして眼《め》を閉じました。「まさか」という山田右衛門作の叫びは、海岸の人々のどよめきに掻き消されました。

「これが私の力よ」

舟から海岸までの海は、人が一人通れるだけの幅を持って、海底を剝《む》き出しにし道を作り出していました。道の両脇には本来、そこにあるべき海水が堰《せ》き止《と》めを食らう形で、大きく上に噴き上がっています。

「これでは、まるで、聖書《エスキリツウラ》のモーセが行ったという奇蹟そのものではないか」

山田右衛門作の言葉を無視し、私は舟から下り、ゆっくりと胸に掛けていた黄金のロザリオのクルスを掲げ、海岸へと歩き始めました。慌《あわ》てて、天主《デウス》の旗を掲げた山田右衛門作も後に従います。

私と山田右衛門作が海岸に到着すると、海に開けた道は失《な》くなりました。益田甚兵衛好次はその道を歩いている途中に、海が元通りになるのが恐かったのか、舟を下りようとはしませんでしたから、海岸に着いたのは二人だけでした。

「このお方こそが、天主《デウス》様が私達に御遣《おつか》わしになられた基督《キリスト》の再来ともいうべき、天草四郎時貞様だ」

渡辺小左衛門がありったけの声を振り絞って訴えます。私は私を取り囲むような形になりそれでも前へ前へと押し寄せる人波の最前列にいるトシに語りかけようと、眼を向けました。トシと眼が合います。すると、トシは泣きながら、膝《ひざ》を突き、その場で私が初めてロザリオを見せた時のように両手を組み、頭を深々と下げるのです。トシに従い、次々と、人々は跪《ひざまず》きます。渡辺小左衛門は、何もいう必要がなくなりました。

奇蹟——。海を割る。そんなことは通常の私の力では出来ません。しかしこの遠浅の海であれば、思念により水を止め、道を一本作るくらいは可能なのです。私は空に数羽の鳥、それも上手《うま》い具合に聖書《エスキリツウラ》に出てくる聖なる鳥、鳩《はと》が飛んでいることを発見しました。動物や人間を意のままに操ることは不可能ですが、鳥というのは脳の構造が、他の動物よりも単純なのだと思います、動かすことが出来ました。一羽の白い鳩を眼で捉《とら》えると、私はまたもや思念を開始しました。そして鳩がこちらにやってくるのを確かめると、皆にいいました。

「顔を上げよ、我が同志達。私は、貴方《あなた》達と共に戦う為に遣わされた天主《デウス》の子である」

皆が顔を上げ始めたのを見ると、私は左手を天に掲げました。その左手の先には思念で呼んだ鳩が停《と》まりました。

「私達には天主《デウス》の御加護があります。時に天主《デウス》は人々を試されます。試練をお与えになります。ですから、この戦いで私達は、多くの犠牲を払うことになるでしょう。しかし勇気を奮《ふる》い、信仰に生きる限り、私達は必ずや勝つのです。信仰とは何か、信じるとは何か。それは勇気を持つことに他なりません」

私がそういい終えると、何処《どこ》からともなく「サンチャゴ！」という掛け声が上がりました。その声は連鎖し、どんどん大きくなっていきます。私は熱狂する群衆を眼の前にして、微《わず》かな苛《いら》立《だ》ちのようなものと、いいしれぬ虚《むな》しさを感じずにはいられませんでした。この熱気の中で、奇蹟を信じられぬ者が、一縷《いちる》の望みも持てないでいる者が一人だけいる。そう、それはこの私自身だ。天草四郎時貞と仰《あお》がれし天主《デウス》の御遣《みつか》いだ。想《おも》いは様々なれど、湯島で談合した者も、陶酔し切って私の姿を拝む愚民も、私に未来を託している。「サンチャゴ！」「サンチャゴ！」――五月蠅《うるさ》い。叫ぶな。軍神など存在せぬ。天草四郎時貞など、何処《どこ》にもいないのだ。何故《なにゆえ》に私だけが、ここまで彼方《かなた》の暗き地で生きねばならぬのだ。天草四郎時貞となるのは自らが望んだこと。この世に棲《す》み処《か》を与えられなかった悪魔《ジュスヘル》の子、天主《デウス》の棄《す》て児《ご》は、自らの手で選ばれし者へと成り上がったのだ。承知している。とはいえ、一体、何なのだ、この耐えられぬ程の苦しき寂寥《せきりょう》は……。

湯島で段取りをいい聞かせておいた者達が、私が人々の前から去る為の道を作ります。私は天主《デウス》の旗と共に、その道を進み、人々の群から一旦《いったん》、姿を消しました。誰の眼にも見えぬ鉛《なまり》の十字架を背負わされた私は、それでも、威風堂々と胸を張り、厳《おごそ》かに歩みました。

島原城を攻める為《ため》に山田右衛門作は頭《かしら》として口之津《くちのつ》に残り、冨岡城に討ち入る為、私は渡辺小左衛門、益田甚兵衛好次らと共に天草で待機することになりました。

天草に入って三日目の朝、口之津から与三左衛門の家の嫁が、水牢《みずろう》で死んだという知らせを受けました。その知らせは、山田右衛門作が陣頭指揮を執《と》り、口之津の者らを中心に島原城に攻撃を掛けたことも意味しました。島原城への攻めが始まれば、それを受けてこちらも団結し、同時に、冨岡城に攻撃を仕掛けねばなりません。冨岡城に挑《いど》む為、集まった天草での民《たみ》の数は、最初約千名程度でした。白い胴抜《どうぬき》と軽衫《カルサン》をその者達に与え、私はいざ冨岡城へという命《めい》を下さねばならなかったのですが、私は冨岡城を討つよりも、島原城攻撃に参加したくてたまりませんでした。従って、私は当初の打ち合わせを勝手に放棄し、自分が動かせる軍に、共に島原城の加勢に回るようにと指示を出してしまったのです。渡辺小左衛門らは慌《あわ》てましたが、いざ集まった民を前にして、私が島原へという声を上げれば、それに従うしかありません。何しろ私にこそ全ての決定権があると、一揆軍の殆《ほとん》どは思っているのですから。彼らは、私と各村の庄屋達が原城立て籠《こ》もりまでの綿密な打ち合わせをしていることなぞ、全く知らぬのです。

舟を出し、私が率いる軍は島原城への戦いに参戦しました。山田右衛門作を始め、島原城への襲撃を仕掛けた長達《おさ》は、冨岡城を攻めていなければならない筈《はず》の私が、その軍を率いて合流してきたことに戸惑いを隠せない様子でしたが、やはり、島原の軍にした処《ところ》で、全権は私にあると農民、漁民を中心とする兵達は思っているのです。私が参入したことを有り難《あがた》がる者はいても、不審に思う者なぞいませんでした。私が予想外の行動を取っていることを知っている島原城を受け持つ山田右衛門作達は、ですから、心中では私の勝手を怒りながらも、建前では「四郎様が駆け付けて下さったからには、恐いものはないぞ」と覇気《はき》を見せるしかなかったのです。

島原城を討ちたい。戦略に反しても。私をそう思わせたのは、ひとえに与三左衛門の存在があったからでした。自分の代わりに自分の孫を腹に宿した嫁を拷問《ごうもん》に掛けさせ、周囲の者には身内を失った悲劇の老人を演じているあの狐《きつね》に制裁を与えずして、何の意味があろう。拷問を愉《たの》しんだ冷血な田中宗甫の首を討ち獲《と》ったとして、それを田中宗甫以上に凍ったどす黒い血を持つ与三左衛門に悦《よろこ》ばせてなるものか。島原城を襲っている最中、一揆のどさくさに紛《まぎ》れて、こっそりと与三左衛門を亡《な》き者にしてやろう。山田右衛門作は勘が良いので私がかの老人を探していると解《わか》れば、私の意図を察するでしょう。それでは少し面倒なことになる。私は自分の引き連れた部隊に適当な指示を出し、口之津村の者を探しました。与三左衛門の居場所を知る為です。

果たして、与三左衛門は一揆勢の中にありながらも、年寄りで皆の足手纏《あしでまと》いにはなれど戦力にはならぬ、それに嫁を亡くした心労で身体《からだ》が思うように動かぬともっともらしい理由をつけ、戦《いくさ》の災禍が及ばぬ隅《すみ》、敵など全くいない味方ばかりの中心で、しかし格好だけは勇ましく、長刀《なぎなた》を手にして眼《め》を見開いていました。本来ならば、そっと彼に近付き、私の腰に据えた脇差《わきざし》で袈裟懸《けさが》けに斬《き》り、ゆっくりと誰の眼にも触《ふ》れぬ処《ところ》に連れていき、なぶり殺しにしてやりたいのですが、そんなことをするには、いささか、私は目立ち過ぎました。何しろ、金の刺繡《ししゅう》が施《ほどこ》された陣羽織《じんばおり》型のマントに大きな襟襟《ひだえり》を付けているのです。何処《どこ》に行こうと私は常に、味方から「四郎様」と声を掛けられました。仕方なく、私は私の姿を認めて歓声を上げる人波の中で、与三左衛門に近付き、周囲の者にも聞こえるように声を張り上げ「与三左衛門、大丈夫か。さぞかし無念であったろう」と、与三左衛門の腹など知らぬ戯《たわ》けた総大将を演じなければなりませんでした。与三左衛門は私を見ると、「四郎様、この私が不甲斐《ふがい》ないばかりに……」と顔をくしゃくしゃにすると、涙すら零《こぼ》しました。大した役者。それならどちらの演技が上か勝負をしよう、与三左衛門。私は与三左衛門に「仇《かたき》は必ず取ってやる。否《いや》、憎き田中宗甫、お前にこの私が討たせてやる」といい、与左衛門の背中に貼《は》り付きました。「さぁ、与三左衛門、前に進むのだ。私が付いている。敵が眼の前で刀を振るおうと、そなたにはかすり傷さえ負わせるものか」。そういわれれば、与三左衛門、前進せぬ訳にはいきません。私は与三左衛門を自分の盾《たて》にするような案配《あんばい》で、ゆっくりと敵と味方が入り乱れる激しい戦火の中に入っていきました。

　島原城からの兵は私が想像していたよりも遙《はる》かに少ないものでした。が、こちらは数は多いものの刀や槍《やり》などを持たされても使い勝手すら知らぬ、力で押して行くしか術《すべ》を知らぬ戦《いくさ》の素人《しろうと》ばかり、向こうはたとえ一度たりとも人を斬ったことがなくとも、武術を心得た者の集団です。城内に入れまいと既《すで》に固く閉ざされた城の大手門《おおてもん》の前には種子島《たねがしま》を手にした兵、弓を持った兵などが陣を組んで立ちはだかり、「サンチャゴ」と叫びながら無闇矢鱈《むやみやたら》に飛び込んでいく者達を冷静に倒していきます。どう考えてもこちらの軍の行動は無意味でした。

　しかし私は与三左衛門をどんどんと大手門へと突き出しました。が、むざむざ与三左衛門を自分の前に置き、敵の的にして殺してしまったのでは、味方の者に怪しまれます。私は総大将であり、天主《デウス》の御遣《みつか》いとしての軍神であると同時に、初めて戦《いくさ》の指揮を執《と》る十六歳の子供なのです。傍《そば》にいる一揆軍の眼は戦いながらも私に常に向いています。ここで下手《へた》な立ち回り方をすれば、せっかく戦を始めたのに、味方の軍は志気をそがれ怖《お》じ気《け》付き、もう私を仰《あお》がなくなるでしょう。どうすれば良い……。思案に暮れていると、私は与三左衛門が、目前の種子島や弓に震え上がり、茫然自失《ぼうぜんじしつ》の状態になっていることを知りました。意識が殆《ほとん》どないこんな抜《ぬ》け殻《がら》の老人なら、思念に拠《よ》って操れるかも知れぬ。私は賭《か》けに出ることにしました。

「私こそが、この戦《いくさ》の総大将である、天草四郎時貞なり。天主《デウス》の名の許《もと》、ここに切支丹《キリシタン》の決起を宣《せん》す」

私は与三左衛門の前に出て、派手に両腕を真横に突き出し、大きな標的となりました。

「この私の身体を、種子島が撃ち抜けるか。どの弓矢が射られようか」

距離からいって、私を標的にするのは中央から種子島を構える者より、一歩左に身体を出した弓を構える兵であろうことは確実でした。仮に種子島の用意をしていたとしても、こちらが総大将の名乗りを上げているのです、種子島を持つ兵よりも位が上である弓の兵が私を狙《ねら》うのが常識というものでしょう。戦場で常識は通用しないのかもしれません。が、刀にも手をやっていない私は、どこからどう見ても無防備。分《ぶ》は圧倒的に向こうにありました。勝負で条件が有利な場合、人は時として道義心を持つものです。向こうが少しでも武士道とやらを頭に過《よぎ》らせれば、もはや計算に狂いは生じますまい。

「我は松倉家の家臣、千坂源五右衛門《ちさかげんごえもん》と申す」

敵はこちらの術中に堕《お》ちました。千坂某《なにがし》は、名乗りを上げるとゆっくりと弓矢の先を私の心臓に向けました。その刹那《せつな》、私は思念で後ろに棒立ちになっている与三左衛門を動かし、私の前に立たせました。

「与三左衛門、何をする。放れろ！」

私は大声を上げます。その声で朦朧《もうろう》としていた与三左衛門の意識が戻ってしまいました。拙《まず》い。私は咄嗟《とっさ》に逃げようとする老人の背中の胴抜の裾《すそ》を摑《つか》み、渾身《こんしん》でその場に押し留《とど》めようと力を入れました。そこに狙いが既に定まった矢が飛んできます。矢は与三左衛門の咽《のど》に垂直に突き刺さりました。

「与三左衛門！　与三左衛門！」

見事に咽に命中した矢を見ながら、私は悲愴《ひそう》な声を上げ、与三左衛門の肩に腕を入れ、後退します。一揆軍が思わず駆け寄ってきます。与三左衛門は即死でした。一撃で往生《おうじょう》させるつもりはなかったが、この際、仕方があるまい。この状況下で、この男の死を見届けられただけで幸運としよう。冷たくなる死体に唾《つば》を掛けたい気持ちを抑《おさ》え、私は他の者にその骸《むくろ》を渡すと、大袈裟《おおげさ》に跪《ひざまず》きました。

「何故《なにゆえ》に与三左衛門、私の前に出たのだ」

芝居掛かった男の死には最後まで田舎《いなか》芝居で対応してやろう。私は味方に伝えました。

「口惜《くちお》しいが、ここは一旦、引き揚げよう。この勇者である与三左衛門の亡骸《なきがら》を捨て置くのは忍び難《がた》い。皆、済まぬ」

「四郎様！　貴方《あなた》様はやはり基督《キリスト》様の生まれ変わり、否《いや》、それ以上に尊《たっと》きお方です」

私は腹の中で舌を出しながら、退却をしました。嗚呼《ああ》、信仰心とはここまで、人を鈍感にさせるものなのか。私を慕《した》いし間抜《まぬけ》達よ、お前達は悪魔《ジュスヘル》に誑《たぶら》かされているのだぞ。この戦いで命を落とそうが、天国《パライゾ》になぞ行けるものか。


その夜、島原城下のと或《あ》る場所で、私と山田右衛門作達は落ち合いました。戦《いくさ》の作戦の全貌《ぜんぼう》を知る者達数名になるまで、山田右衛門作は何もいいませんでしたが、三々五々に末端の者から帰路に就《つ》き、主《おも》だった首謀者だけが居残っていることが解《わか》ると、彼の怒りは噴火しました。

「何故《なにゆえ》、四郎様。この大切な最初の陣で、勝手な行動をとられた？」

「ふん、右衛門作。そなたこそ、島原の城の守りがあんなに強固だと知っていなかったのか。侍崩れの数名も置かず、よくあの烏合《うごう》の衆《しゅう》を城に向かわせたな」

「城に向かわせた者達は、あくまで目眩《めくらま》しだったのです。島原の城は造りがかなり強固で、普通の戦《いくさ》でも易々《やすやす》と墜《お》とせはしない。今日の島原での蜂起《ほうき》は、出来るならば田中宗甫の首を獲《と》れれば、それで良かった。一揆を起こした者達は納得したのです。否《いや》、本質的なことをいえば、田中宗甫の首さえどうでも良かった。俺達の今日の狙《ねら》いは、城下にある島原城の武器倉庫を襲い、片っ端から武器を奪うことにあったんです。その武器を確保し、原城に籠《こも》る準備をしたかった。——武器倉庫の襲撃は成功し、欲しい武器は手に入れたものの、四郎様が城の方に向かわれたと知ると、皆の気持ちが散漫になってしまった。お陰で、首を獲ることが可能だったかもしれない、田中宗甫を追い詰めておきながら、逃がす始末」

「自分の不手際を、私のせいにするとはな」

「以降、くれぐれも、今日のような気紛《きまぐ》れな行動は慎《つつし》んで頂くよう」

「誰に申しておるのだ。私は総大将、天草四郎時貞だぞ」

「木刀で試合すらしたことのない坊やが、何を空威張《からいば》りしていやがる」

「慎め！　右衛門作。絵師の分際《ぶんざい》で。私は天主《デウス》の遣《つか》いなのだぞ」

「その天主様《デウス》の御遣《みつか》いとやらは、神の名の許《もと》に味方を騙《だま》し、その一人を殺すのかね」

「何のことだ」

「お前、与三左衛門を殺しただろう。否《いや》、あの爺さんを殺す為《ため》に、島原に乗り込んできただろう。与三左衛門の最期《さいご》を聞かされて、俺はすぐに解《わか》ったよ」

「もし、そうだとしたら、どうする？」

「お前を神の子だと信じて、この戦いに参加している農民達のことを愚弄《ぐろう》するのか」

「愚弄するね。天主様《デウス》の為、信仰の為、小作の為、親の為、子の為……。皆、嘘《うそ》ばかりではないか」

私は思わず山田右衛門作の胸倉《むなぐら》を摑《つか》み、睨《にら》みつけました。

「所詮《しょせん》、人は自分の為だけにしか生きられぬのだ。私を御遣《みつか》いだと信じ切っている者達も、いざとなれば、我が身愛《いとお》しさに、神も私も、何もかもを見捨てる。それが証拠に、この戦《いくさ》が終わった時、勝っても負けても責任を取らされるのは誰だ。誰にも責任の所在がないからこそ、この一揆を起こさせることが出来たのではなかったか。最後に首をちょん斬《ぎ》られるのは、この私だ。私、一人だ。この身寄りのない、異国で生まれた混血の子供に、そなたらは全てを擦《なす》り付けるのだろう。天主《デウス》の御遣いなどと涙を流して迎え入れられようが、私は所詮、用がなくなれば捨てられる猿回しの猿なのだ。それを知りながらも、信仰の対象として立っていなければならぬ私は、とんだうつけ者だな。猿回しの猿が、拍手喝采《かっさい》を貰《もら》った処《ところ》で有頂天《うちょうてん》になると思うか？　歓声が大きい程、猿は自らの運命を呪《のろ》うのだ。芸さえ覚えなければ、見世物《みせもの》として扱われずに済んだものを……。やがて自分の芸は飽きられ、人々が罵《ののし》りだすことを猿は知っている。そうなれば猿に餌《えさ》をやるものすらいなくなる。家畜以下の存在なのだ、猿回しの猿は。この私は――」

とめどない絶望を、もう私は吐き出さずにはいられませんでした。吐露《とろ》したところでどうしようもないことを解っていながらも、私は山田右衛門作に対して怒鳴り続けました。

「一人であることには物心ついた頃から慣れっこだった。孤独であることを悲しいとも悔しいとも思ったことはない。が、私は何故《なにゆえ》に、そなたらの安穏《あんのん》な生活の為に、ここまで孤独にならなくてはならないのだ。解るか、右衛門作、そなたに。神の子と崇《あが》められ、その実、利用され、最後は一人で、皆の欲の人柱《ひとばしら》にされて死んでいくしかない私の孤独が。解るか、右衛門作、そなたに。裏切られることを知りつつ、崇拝される、誰にも縋《すが》れぬ、天主《デウス》にすら縋ることを赦《ゆる》されぬ私の孤独が」

山田右衛門作は、黙したままでした。そのことがまた私を無意味に苛立《いらだ》たせるのでした。私は右衛門作の頬《ほお》を平手で何度も、打ちました。抗《あらが》うことなく山田右衛門作は私の平手を平然と受けるのでした。叩《たた》き疲れた私は、山田右衛門作にいいました。

「私は、私の許に集《つど》う者を戦略と関係なくこれからも動かす」

「それでは、島原、冨岡、どちらも落城せず、徒《いたずら》に犠牲者を出すだけになる」

「それならそれでいいではないか。右衛門作、そなたも己《おのれ》の利益の為に最後は動くのだろう。そなたの求める益《えき》の為に、せいぜい私を利用するがいい。私は私で自分の益を求めるだけだ」

「何を求めるという」

「私は単に、血が見たいのだ」

以来、表面上は私を頭領に、島原、天草の軍は団結し、それぞれの任に従い、行動を起こしているように見せかけていましたが、私は山田右衛門作達の策略を無視し、完全に遊軍《ゆうぐん》として天草を中心に騒動を起こすようになりました。天草に帰ると、私は毎日、役人の眼《め》を気にすることなく、おっぴらにあちこちで神の教えを説きました。湯島で私の世話をしてくれていた遊女達が、山田右衛門作の許を去り、私の身辺の世話をする為に共に天草に付いて来ましたから、私が天草四郎時貞として身形《みなり》を常に整え、その神秘性を保つことは容易でした。私が豪奢《ごうしゃ》な表紙の聖書《エスキリツウラ》を広げるだけで、私の許に集まる者達は悦楽の表情を浮かべ、その数はどんどんと膨《ふく》れ上がっていきました。そう、禁教を強《し》いられて久しいこの国の者達は、実際の聖書《エスキリツウラ》というものすら見たことがないのです。たとえ聖書《エスキリツウラ》があったとしても異国の言葉で書かれた物、それを訳してくれる者がなければ意味を持ちません。そしてもし日本語で書かれた聖書《エスキリツウラ》を手にしたとしても、私を仰《あお》いで集《つど》う者達の殆《ほと》んどは、生まれながらにして小作であったり、漁師であったりするので、読み書きなど知らないのです。奇蹟《きせき》を見せてやらずとも、葡萄牙《ポルトガル》語で書かれた聖書《エスキリツウラ》を先《ま》ず、葡萄牙《ポルトガル》語で読み、後にその意味を説明してやるだけで、教えに飢えていた隠れ切支丹《キリシタン》達は充分満足したのです。

時折、その集会を鎮圧しに役人達がやってくると、私は信徒を従えて、抗戦しました。山田右衛門作らが指揮する軍勢と違い、私達はこれといった武具を所有していませんでしたが、集う者達は何時《いつ》、決戦があるか解らぬので、それぞれに鍬《くわ》や鋤《すき》、鎌《かま》などを持参していました。向こうが複数いようが、ちらばらず、多勢《たぜい》で一人を包囲し、徹底的に叩きのめし、息を引き取ったことを確かめて、次の者を狙う。これが私の戦法でした。この或る種、非人道的な戦い方は、しかしそれ故《ゆえ》に、切支丹《キリシタン》達を狂喜させました。何故《なぜ》なら、今まで自分達は、その方法で痛めつけられてきたからです。

鎧《よろい》も面具《めんぐ》も奪い取られ、立ち上がれなくなった生身の役人達をそれでも尚《なお》、執拗《しつよう》に鍬や鎌でいたぶる。最初、そうして抗戦し、役人達を痛めつけ、なぶり殺しにするのは男達だけでした。が、そのうち、女や子供達までもがその行為に加担するようになっていきました。凶器を持たぬ女子供は、もう虫の息の相手に石を投げ付けたり、唾《つば》を吐いたりして、自分らの恨みをぶつけるのです。私はその現実を目《ま》の当たりにして、愕然《がくぜん》としました。そうか、私が最も弱き者と思っていた女子供ですら、常に最後は被害者となるその者達ですら、集団と化し、自分達が優位に立つと、いとも簡単に人を蹂躙《じゅうりん》するのだ。虐《しいた》げられた女子供は、私と同じく天主《デウス》の一番の犠牲となる者だと信じていた私が馬鹿だった。甘かったのです。天主《デウス》よ、貴方《あなた》が世界に見切りをつけた時、四十日間の洪水を起こし、生きとし生けるものの全てを葬り去った理由が、皮肉だが、この私にも理解出来たぞ。私は山田右衛門作に女子供は、戦《いくさ》の巻き添えにせぬことを確認しました。が、考えを改めねばならぬようでした。女子供であろうが、この戦で皆、死ぬがいい。仮に真実、無垢《むく》なる者がいたとしても、無垢なる者もやがては知恵を付け、心中に黒い嫌《いや》らしい炎《ほむら》を宿すのです。一人の人間をじっくりといたぶっていく時、皆の顔は残忍な輝きに溢《あふ》れました。「父の仇《かたき》だ」「娘の無念をはらしてやる」などと、信徒達は各自、苛《いじ》める為の理由を口にしましたが、それは彼ら自身が気付いていないだけで、只《ただ》のいい訳なのでした。皆、弱き者を挫《くじ》くことの快感を憶《おぼ》えてしまったのです。幼き子供は虫を捕えて、その羽根や脚を一つずつもぐことに悦《よろこ》びを見出《みいだ》す。この残忍さは人の本性なのでしょう。虫であったが故にその人としての本性を活《い》かせなかった者達は、今、ここに人となり、哀れなる虫の羽根をせっせと毟《むし》り続けるのです。

しかしそんな遊戯《ゆうぎ》じみた憂《う》さ晴《ば》らしにばかり、かまけている訳にはいかなくなりました。冨岡城からの兵は日増しに増え、戦《いくさ》の装備もどんどん本格的になっていきます。しかし城を襲撃するなら、与三左衛門の家の嫁が拷問《ごうもん》に掛けられて死んだというような、何かしらのきっかけが必要です。そう思っていると、上手《うま》い具合に、冨岡城の兵が渡辺小左衛門を捕えたという急報を持った使者が飛び込んできました。

「島原を討つ山田右衛門作様の使いでございます。昨晩、長崎の方の庄屋達にもこの蜂起に加わるようにと働きかけに出向いた渡辺小左衛門殿が、寺澤の兵に捕えられました。それを機に、冨岡城は一気に、四郎様達を捕縛するつもりです。冨岡城の城代《じょうだい》、三宅藤兵衛《みやけとうべえ》は、唐津《からつ》の本城に援軍を頼み、唐津藩の軍を引き連れ、四郎様の許に向かったと、一刻も早く伝えよと」

「解った」

私は号令を掛け、信徒達を集めました。集まったのは凡《およ》そ、一万名。殆《ほとん》どが農民ではあるが、これだけの人数を揃《そろ》えれば、何とでもなろう。私は富岡城へと向かうことを皆に告げました。

「この天草で、皆の面倒を見てくれていたあの渡辺小左衛門が、寺澤側の軍に捕えられたという。軍勢はこちらに向かっている。それを破り、富岡城を墜《お》とすのだ。いざ、出陣」

「サンチャゴ！」

「サンチャゴ！」

大矢野《おおやの》村に集結していた私達は、富岡城を目指して勢いよく出発しました。上津浦《こうつうら》を過ぎ、島子《しまご》を過ぎ、本渡《ほんど》に着いた処で、さほど大きくない橋の向こうにずらりと並んだ黒い影があることを私達は知りました。この橋を渡らねば、その先の富岡城へは行けぬ。なるほど、それを解って橋で待ち伏せか。橋を渡ろうとする者、全てを一網打尽にしようという魂胆《こんたん》。その指揮する城代の三宅藤兵衛とやら、馬鹿ではないな。しかし、武器もろくに持たぬ、戦《いくさ》の仕方も心得ぬ農民の集団だとて侮《あなど》るなかれ。この者達には、血を見る、人をいたぶる悦びを教え込んだばかりなのだ。私も飢えているが、この一万の大軍も恐ろしく血に飢えているぞ。私は腰の脇差《わきざし》の鍔《つば》に右手を掛け、誰もまだ橋を渡らぬようにと自分の軍を制止しました。

無人の橋の上に、向こうから人が歩いてきます。それは両手を縄で縛られた渡辺小左衛門でした。

「四郎様……」

「小左衛門、無事であったか」

「富岡城の城代は、私を捕えた後、四郎様達がこちらに向かうであろうことを予測し、出立《しゅったつ》したことを確かめて、大矢野村に居《お》られる筈《はず》の四郎様の御家族、御母上、御姉妹《きょうだい》を捕えさせにいきました。多分、今頃は――」

「頭が切れる男のようだな、その城代、三宅藤兵衛とやらは」

「歳《とし》はいっておりますが、戦国の世を潜《くぐ》り抜けてきた侍です。兵法《へいほう》に掛けては一流かと」

「敵を誉《ほ》めてどうする。それとも、そなた、勝てぬと思い、その三宅藤兵衛とやらに寝返ったか？」

「滅相《めっそう》もございません。只《ただ》、その三宅様から四郎様への伝言を申しつかってきました。もし、総大将、天草四郎時貞、素直に捕縛されるのであれば、農民達の蜂起は見逃す、家族も無事、帰すと」

あな、可笑《おか》しや、渡辺小左衛門。敵である、己が捕えられた三宅藤兵衛を三宅様と呼ぶとは。皆を見逃すということより先に、己の命を取りはしない、そして庄屋としての責任も問わぬと持ちかけられたのであろう。しかし、残念だな、小左衛門。私は軍勢を戦わせる。お前のことなぞ、知るものか。この蝙蝠《こうもり》め。

私は待機する我が軍に向き直り、声を荒らげました。

「ひるむな。私達は天主《デウス》の軍勢である。鎧兜《よろいかぶと》がなくとも信仰がある。刀や種子島《たねがしま》がなくとも奇蹟がある。明らかに数はこちらが勝っているぞ。勇気を持ち、戦うのだ」

私は軍配団扇《ぐんばいうちわ》を大きく上げ、そして振り下ろしました。それと同時に私の眼の前を、猛烈な勢いで軍勢が橋の向こうへと傾《なだ》れ込んでいきます。殺せ、殺せ、殺せ。私はさっきまで無人だった橋に溢れる人の群を見ながら、ほくそ笑みました。殺せ、殺せ、殺せ。殺し合うのだ――。敵も味方も、武士も庄屋も小作も、男も女も、戦いの意味さえ解らぬ幼子《おさなご》も、その人という業故《ごうゆえ》に犬死にしていくがいい。こうして自らの振り下ろした軍配団扇一つで、数え切れぬ数の者達があっさりと死んでいくのだ。戦《いくさ》の総大将というものは愉快な役。さぁ、思う存分、血を流すがいい。

ばたばたと白い装束《しょうぞく》の者達が川に転落していきます。しかしそれに混じって、黒い甲冑《かっちゅう》を身に着けた者もまた、少なからず川に落ちています。我が軍の犠牲者の方が多いのは一目瞭然《いちもくりょうぜん》でしたが、こちらには一万の兵がいるのです。先往《さきゆ》く者が倒されても倒されても、次から次へとまだ血を見ていない者達が橋を渡るのです。立派なもので、橋を渡りきり、橋の向こうで戦う白装束の姿も確認出来ました。川は真っ赤に染まり、屍《しかばね》が累々《るいるい》と積み重なっていきます。

私は愉快にその光景を、何もせず、眺めていました。と、戦《いくさ》の中を掻《か》い潜《くぐ》り、私の前に渡辺小左衛門が辿《たど》り着きました。一揆の参加者にしてみれば渡辺小左衛門はこちらの陣営の者。隙《すき》をみて、私の許へと通してくれたのでしょう。縄で手の自由を奪われた小左衛門は、私を眼にするとそこに倒れ込みました。

「無様《ぶざま》だな、小左衛門」

「四郎様……。無茶です……、こんな戦いは……」

「三宅藤兵衛というのは、何処《どこ》にいる」

「陣の一番後方で、指揮を執《と》っております」

「なぁ、小左衛門。三宅藤兵衛は、私の母達が大矢野村にいることを誰に聞いたのだろうな。村にいることを予測出来たとして、どの家を探せば良いかあたりが付けられぬようでは、その賢き三宅藤兵衛なる者、自分の兵を捕縛に向かわせただろうか」

「それは……」

倒れたままの渡辺小左衛門に近付く為、私はしゃがみ込みます。

「そなたが教えたのだな」

「まさか、とんでもない」

「その縄を解いて欲しくば、正直に申せ。阿片《アヘン》中毒の母、私と何の血縁もなき姉、益田甚兵衛好次が母との間に作った妹など、どうなろうと私は痛くも痒《かゆ》くもない。嘘を吐《つ》き通すというなら、天主《デウス》の名の許、そなたをこの脇差で殺してもいいのだぞ。さぁ、本当のことをいえ」

「仕方がなかったのです……」

「よくぞ応《こた》えた。その正直さに免じて縄を解いてやる。しかし頑丈に結わえてあるな。少し、待て」

私はそういうと、腰から脇差を抜いて、何重にも括《くく》られた小左衛門の手の縄に刃を当てました。

「今すぐ解いてやる」

私は縄に当てた刃を縦にし、そのまま、安堵《あんど》の表情を浮かべる渡辺小左衛門の腹を深々と刺しました。渡辺小左衛門の顔が激しく歪《ゆが》みます。

「……悪魔《ジュスヘル》の子」

渡辺小左衛門は、激痛に耐えながら、辛《かろ》うじてそう口にしました。

「ふん。やはり私のことを、天主《デウス》の遣《つか》いだとは思っていなかったのだな。悪魔《ジュスヘル》の類《たぐい》と考えながら、利用しようとしていたのだろう。そうだ、私は悪魔《ジュスヘル》だ。――腹を刺されたくらいでは簡単に人は死ねぬ。小左衛門、助けて貰えると思ったか？　ははは、人を誑《たぶら》かすのは面白《おもしろ》いな。お前の気持ちが、今はとてもよく解る」

私は周囲の自分の軍勢が戦《いくさ》に夢中で、誰もこちらを向いてはいないことを確かめ、腹の中に埋まった刀を回転させました。

「痛いな？　小左衛門。痛かろう。渡辺小左衛門。しかし心の痛みはこんな痛みでは済まぬのだぞ」

怒号と悲鳴と銃声が入り交じって耳に入ってくる中、私はさらに刀を廻《まわ》します。渡辺小左衛門は、遂《つい》に息絶えました。

「つまらぬ奴《やつ》。これからというのに、もう死んだか」

渡辺小左衛門の腹から刀を抜くと、今まで以上に派手な種子島の音が聞こえました。私は死骸《しがい》の縄を、血に濡《ぬ》れた刀で断ち切り、亡骸《なきがら》を脚で転がしました。

「三宅藤兵衛の首、討ち獲《と》りました」

一人の白装束が走ってこちらにやってきます。

「獲ったか」

「はい。いましがた、島原の方の皆様が駆け付けて下さり、無事、城代、三宅藤兵衛を」

「島原の？」

詳しく訊《き》こうとしていると、橋の向こうから南蛮銅《なんばんどう》の当世具足《とうせいぐそく》に身を包んだ山田右衛門作がやってくるのが見えました。山田右衛門作は私の前に立ち、そしてその横に転がる渡辺小左衛門の骸《むくろ》を一瞥《いちべつ》して、こういいました。

「加勢しに馳《は》せ参《さん》じた。四郎様、どれくらいの兵を投入されました？」

「約一万」

「かなりの犠牲が出ましたな。しかし武器もろくに持たぬ農民達では、仕方ないでしょう。三宅藤兵衛を討てただけでも成功と思わねば。敵方は、指揮を失い、混乱しています。このまま、冨岡城に突っ込みますか」

私は少し黙した後、いいました。

「任せる」

「では、私と共に、橋の向こうへ。ここでの戦いは勝利したも同然。残る敵とここで争うのは無用なこと。軍を率いて、冨岡城に攻め入るよう、御指示下さい」

「解った」

私が率いた軍は三分の一に減っていました。つまり半分以上が、戦死したのです。冨岡城に辿り着き、山田右衛門作らの加勢軍と共に城を襲いましたが、本渡から富岡までは思った以上に距離があり城に着いたらもう夕暮れ、天草から出た者達は、疲れ切っていました。故に私と山田右衛門作は、これ以上の戦《いくさ》は無理だと判断し、攻めを中止し、速やかに撤退することにしました。山田右衛門作は連れてきた軍をそれぞれに帰し、自分は私と共に大矢野村に行くと主張しました。私はそれを承知しました。

大矢野村への帰路、山田右衛門作はまるで天気の話でもするかのようにいいました。

「渡辺小左衛門を、殺しましたね」

「否《いや》、縄を解いてやると、私の脇差を取り上げ、自害した」

「自分の裏切りを懺悔《ざんげ》したという訳ですか」

「そうだ」

「農民達にはそういっておきましょう」

「信じていないのか」

「農民は騙《だま》せても、仮にも武士であった私は騙せませんよ。それだけ派手に返り血を浴びていては」

「そうか」

「身内を殺《あや》めるのであれば、与三左衛門の時のように上手く振る舞って頂かねば」

「済まぬ」

私と山田右衛門作は、それきり村に着くまで何も話しませんでした。

＃５　籠城

島原《しまばら》城を襲撃する者達は、徐々に今は廃城となった原城《はら》に集まり、軍としての体制を整えようとしている。種子島《たねがしま》、大砲などの武器も揃《そろ》い、廃城ながら本丸《ほんまる》を中心に、各要所に兵を置き、本陣《ほんじん》として機能出来る状態にあると、山田右衛門作《やまだうえもんさく》は私が率いる部隊以外を、最初の目論見《もくろみ》通り、統率していることを報告しました。

「本来なら、最初の島原城を攻めた後、四郎様にも時、同じくして冨岡《とみおか》城に出撃して頂き、その後、両方の軍が原城に入るという方法を採《と》りたかったのですが、四郎様が天草《あまくさ》の者達を自分勝手に動かし、原城にも姿をお見せにならぬことで、原城での統率に時間を思いの外《ほか》、割《さ》くことになってしまいました」

「まだ、私が最初にそなたの指示通り動かなかったことを恨んでいるのだな」

「恨んでなどおりません。が、しかし、戦《いくさ》は短期決戦のつもりでいましたので、少々、頭を悩めております。四郎様がすぐに原城にお入り下されば、二、三日で蜂起《ほうき》する者は全て集まったでしょう。その時点で決戦を挑《いど》んでいれば、島原城も冨岡城も、単なる農民一揆《いっき》と高《たか》を括《くく》り、警固《けいご》も手薄であった筈《はず》、こちらに勝算はあったのです。が、時を費やしてしまったが故《ゆえ》に、今頃《いまごろ》は、切支丹《キリシタン》、農民の軍が立ったことは、江戸に届いていることでしょう。知らせが江戸、つまり幕府に渡れば、幕府が何らかの命《めい》を下します。無論、参勤交代で江戸にいる、島原城の城主、松倉勝家《まつくらかついえ》、冨岡城の城主、寺澤堅高《てらざわかたたか》も急遽《きゅうきょ》、城に戻ってきましょう。幕府は全国の藩に『武家諸法度《ぶけしょはっと》』なるものを出していて、これは他の藩の争いや自治に無闇《むやみ》に参入するべからずというようなものですから、今の処《ところ》、他所《よそ》からの援軍はどちらの城も期待出来ぬ状態でありましょうが、幕府がこの乱を重く見たならば、援軍を使うことを許可する筈です。すれば、鍋島《なべしま》藩、細川《ほそかわ》藩などの軍勢が動きます。そうなってはもう抵抗することも適《かな》わず、赤子の手を捻《ひね》るように当方の軍は壊滅させられるでしょう」

「つまり、今にでも私に原城に入れと」

「そうです。貴方《あなた》様に従う天草を中心とした者共《ものども》を率いて、早く原城へ」

「……明日から、天草の者達を迅速に原城に入城させる」

その約束を取り付け、山田右衛門作は陣営の拠点となる原城へと戻っていきました。私は次の日から、天草の蜂起に参加する者達に原城に立て籠《こ》もるようにと命じました。先《ま》ずは数名の男を護衛として付け、戦《いくさ》に加担する女子供を残らず原城に届けました。そしてその後、数班に分かれ、男達を原城へと送りました。そして私を含む最後の居残り組が原城を目指そうとした時です。冨岡城の軍が、数名の原城に入城しようとした冨岡城下の者達を捕え、その晒《さら》し首を門前に据えたという知らせを聞いたのは。冨岡城の守将、原田伊予《はらだいよ》なる者の、それは三宅藤兵衛《みやけとうべえ》を討たれた報復であり、こちらの軍への挑発行為でした。

「四郎様。私達は原城に入る前に、冨岡城に再度、乗り込み、一矢報《いっしむく》いてやりましょう」

そうはいうものの、私の許《もと》には千足らずの兵しか残ってはいませんでした。向こうは私達が激昂《げっこう》して、すぐに城を攻めにくると予測し、それなりの準備をして待っていることでしょう。そこに千足らずの者を連れて乗り込んだとしても、全く勝ち目がないことは瞭然《りょうぜん》でした。が、熱心に城を攻めることを希望する彼らの意見を無視することも出来ません。そしてその原田伊予という者の存在も気になります。私は少数の部隊で冨岡城に向かうことにしました。

唐津《からつ》城の支城とはいえ冨岡城も立派な城、そしてその周囲は小さいながらも城下町となっています。私達が冨岡城下に入ると、いきなり数箇所の民家や塀から火の手が上がりました。冨岡城の守将、原田伊予なる者の戦法は実に荒っぽいものでした。己《おのれ》らの城下町をやってきた私達諸共《もろとも》、焼き払ってしまおうという訳です。小さな城下町だけあって、道はどこも狭く、私達が城に近寄ろうとすれば、火に拠《よ》って袋の鼠《ねずみ》になることは確実。がここで逃げる訳にもいきません。

「四郎様。私はこんな火など熱くはありません」

一人の者が火の中に飛び込もうとしたので、私はそれを止めました。

「命を粗末にするでない」

何故《なにゆえ》にその者をそういって制したのか、自分でも解《わか》りませんでした。が、私は千足らずの軍を待機させると、空を見上げ、胸の黄金のクルスを高く掲げました。

「混沌《こんとん》たる砂漠の中の神殿。姿形現さず、生まれ出《い》づることなき力よ。今、ここに天主《デウス》に成り代わり伝える……。風よ吹け！」

私がそう口にすると、私達の背後から冨岡城のある方向に向かって暴風が吹きました。小さな火はそれによって消え、大きな火は冨岡城に向かって燃え移っていきます。

「四郎様が、また奇蹟《きせき》を起こされた」

兵の間から驚きと畏怖《いふ》の声が上がります。私は兵を率いて冨岡城へと邁進《まいしん》しました。私達の進軍を援護するかのように、火は私達の先頭となり、冨岡城に近付いていきます。城の前に着いた時には、火は門に引火し、城の兵達はそれを消火するので手一杯の状態でした。風は益々《ますます》激しさを増し、私達は追い風であるからよいようなものの、それを受ける城前の兵達は、立っていることすら出来ぬ有《あ》り様《さま》でした。種子島を持つ者は銃を構えることすら出来ず、弓を引こうとする者に至っては持った弓と矢を吹き飛ばされる始末。それでも種子島を何とか肩に置き、よろけながらも発砲しようとする兵がいたので、私は叫びました。

「燃え移れ！」

門を焼いていた火の一部が、その種子島を持つ者の肩に燃え移りました。火は拡《ひろ》がり、銃を構えた兵はその場でのたうち、そして倒れました。私はもう一度、空を見ました。

「風よ、止《や》め」

するとぴたりと風は収まりました。

「うぬらが相手にしようとする戦《いくさ》の総大将、天草四郎時貞《ときさだ》の力をしかと知ったか。火も風も水も地も、万物を創造した天主《デウス》の子に操れぬものはないのだ。さぁ、どうする。もし晒し首にした者達の首をこちらに渡すというなら、今日は引き揚げてやるが。あくまで決戦を望むのであれば、火を吹く龍《りゅう》を天上から呼び、我が軍は一気に城内に攻め入る」

三名の小作《こさく》らしき男達の首が、差し出されました。私はその首を味方の兵に持つようにいうと、引き揚げる旨《むね》を皆に伝えました。

「四郎様。このまま、こちらの人数は少ないですが、城を攻めれば陥落させられるのではないでしょうか」

「こんな城くらい何時《いっ》だって墜《お》とせる。今日はこの犠牲となりし者達の首を持ち、原城に向かうのだ。この者達が目指した原城に。それが天主《デウス》の御心《みこころ》だ」

私はマントを翻《ひるがえ》し、冨岡城を後にしました。


私達の原城への入城を、多くの者達が出迎えてくれました。白い木綿の襷《ちはや》に赤い袴《はかま》という巫女《みこ》のような姿をした女の一団が、私の前に先《ま》ずは額《ぬか》ずき、そして立つと、私を取り囲むようにして本丸《ほんまる》へと誘導します。私と共に城に入った者達は、早くも私が冨岡城下で起こした奇蹟《きせき》を各々《おのおの》、迎えてくれた原城の者に身振り手振りを交えて伝えていました。

もう廃城であるが故《ゆえ》に、多くの部分が取り壊されてはいましたが、建物を補強したりし、城の敷地内は荒れてはいるものの、活気に溢《あふ》れていました。本丸では山田右衛門作が待っていました。

「また、奇蹟を起こされたそうで」

「早耳だな」

「冨岡城が挑発してきたという知らせを受け、四郎様が冨岡城に動かれるのならと思い、隠密《おんみつ》に偵察の者を出しました。——門を破っておきながら、城をお攻めにならず原城に兵を導かれたこと、感服いたします」

「ふん、相変わらず、慇懃無礼《いんぎんぶれい》で嫌な男だ。しかしこの城は良いな。廃城とはいえ、各所に旗が立つ様子は、実に美麗だ。白字に黒の十字というあの旗を考えたのも、そなたであろう」

「天草からの者も併《あわ》せれば、今、この城の敷地内に留まってそこで寝食を共にするものは、約四万。それらの者は、急拵《きゅうごしら》えの掘建《ほったて》小屋で暮らしております。半《なか》ば野宿も同然。ですから、敷地内に旗を立て、少しでも惨《みじ》めな気持ちにならぬよう配慮したまでのこと。三の丸は北有馬《きたありま》村、有馬村、堂崎《どうざき》村、布津《ふつ》村の者達で守らせ、二の丸は南有馬村、口之津《くちのつ》村、加津佐《かづさ》村の者達に担当させ、松山丸、出丸には、串山《くしやま》村、小浜《おばま》村、千々石《ちぢわ》村の者を配備しました。今日、入城してきた者達は大江口に近い天草丸の守りに就《つ》いて貰《もら》おうと考えております」

「うむ。私は城というものの造りをよく知らぬし、そうやって本丸だとか二の丸だとかいわれても、何処《どこ》のことだか、さっぱり解《わか》らぬ。配備は適当にやってくれ」

「承知しました」

「で、この場所が、本丸なのだな」

「この城の最も要《かなめ》であると思って頂けば良いかと。四郎様は総大将ですので、常にここにおいで下さい」

「しかし、ここはとても眺めが良い場所だな」

本丸と呼ばれる建物は小さいながらもきちんと屋根は瓦《かわら》が葺《ふ》かれ、壁には漆喰《しっくい》が塗られていました。が、壁の一部は入城した時、既《すで》に壊れていたのでしょう、その部分を塞《ふさ》ぐ為《ため》に、丁寧《ていねい》に石が積まれていました。本丸は城の敷地の中の一番奥にありました。しかし奥といっても、その向こうは断崖絶壁《だんがいぜっぺき》、海なのです。

「原城の本丸は、こうして断崖の上に築かれています。断崖の高さは約十五間《けん》、そこに見下ろして頂ければ御解りのように石垣が組まれています。面した海は遠浅《とおあさ》ですから、海側から攻めようとしても大型の船は着けられません。東、南、北と三方が海、この原城は、自然を味方につけた要塞《ようさい》なのです。四郎様に入城して頂いた西側の出入り口は陸続きですが、ご覧になったように、正面から城の敷地に入ろうと思えば前には深いぬかるみが横たわっております。こちらが橋を掛けぬ限り、敵は城に攻め入ることは出来ず、湿地を眼の前にして陣を張るしかないのです。ちなみにそのぬかるみから城に乗り込もうとしても五間の高さの石垣が組まれていますから、易々《やすやす》とは攻略が適《かな》わぬ仕掛けになっております」

「ところで、四万の兵が立て籠《こ》もっているとなると、寝床はよいとして、食糧はどうしている」

「出来る限りの食糧は、確保していますが、皆の分を賄《まかな》い切れる程にあるといえば、嘘《うそ》になります。しかし、幸いにして、軍勢の中には漁師も大勢おります。彼らは日々、この海に出て、魚やら貝やらを獲《と》ってきてくれます。農民や漁師達の知恵というのは、侮《あなど》れませんな。彼らは、そんな海のもの と、兵糧《ひょうろう》として蓄えていた餅《もち》を一緒に煮て、質素ですが精の付く雑煮《ぞうに》を考案してしまいました。今ではそれを具雑煮《ぐぞうに》と呼び、主食としています」

「右衛門作――」

「はい」

「ここに籠城《ろうじょう》する者達の殆《ほとん》どは、切支丹《キリシタン》なのか」

「そうです」

「しかし禁教になってから久しい今となっては、年寄り連中はいざ知らず、若い者達は教会も洗礼も知らぬのだろ。聖書《エスキリツウラ》すら見たことのない者達が、何故《なにゆえ》に、天主《デウス》を信仰出来る」

「それは私にも上手《うま》くは応《こた》えられません」

「右衛門作。私はこの本丸を教会として、ミキサを執《と》り行いたいのだが」

山田右衛門作の顔がぱっと明るくなりました。

「やって下さるのですか。四郎様が、ミキサをここで行って下さると知れば、どれだけ皆の励みになるかしれない」

「偽《にせ》の救世主ならそれらしく、ミキサもすれば、洗礼も施《ほどこ》さねばならぬだろう。それくらいのことしか、私には出来ぬがな」

山田右衛門作は、そのことを原城に籠《こも》る一揆軍に伝えて回りました。小さな本丸に、しかし人は詰め込めても二十名が限度でしたから、毎日、二度、朝と夕、本丸でのミキサは執り行うことにし、聖書《エスキリツウラ》の教えを説く会は、大人数が集《つど》える二の丸の、石垣により階段状になっている広場のような野外でやらねばなりませんでした。従い、本丸でのミキサは、実質、洗礼の儀式を執り行う為にしか機能しませんでした。

山田右衛門作は、殺風景な本丸の中を、天主《デウス》の旗を飾り付けたり、何処《どこ》から調達してきたのか解りませんが、真鍮《しんちゆう》の聖杯や実際に教会で聖堂に飾られるような木製の十字架や、銀の燭台《しよくだい》、聖母マリアの大きなイコンを出してきて、それを机の上に配置したりしながら、教会らしく仕上げていきました。殆どの者が、洗礼名を欲しがりましたから、私は一日に最低四十名の者に洗礼名を与えなければなりませんでした。基本的に男は見張りをしたり、戦術の教えを乞《こ》うたりしなければならぬので後回し、私は女子供から優先的に名前を授けることにしました。とはいえ、洗礼名など、どういう基準で選べば良いのか知りません。とりあえず、思い出せる聖人や天使の名前を付けておけば問題はなかろうと、私は適当に、無節操に、名を与えるのでした。リタ、テレジア、カタリナ、アグネス、ドロテア、ユリアナ、ドロレス、ペカ、ベロニカ、スザンナ、マルガリタ、アポロニア。ミカエル、ガブリエル、ラファエル、ウリエル、サリエル、ラグエル、ラジエル、レミエル、アナエル、メタトロン……。洗礼名を貰ったものは、その名を何度も繰り返し、頭の中に叩《たた》き込むのでした。そして、自分を人に紹介する時は、必ず、その洗礼名を本来の自分の名前の上に名字《みようじ》のように付け、名乗るのでした。私の身支度を整えてくれる遊女の一人はキヌという名で、そこにマリアという洗礼名を与えたので、彼女はマリア・キヌでした。具雑煮を発明した一揆軍の炊事係の長ともいうべき私の母と同い年くらいのタキという女は、ブリジッタ・タキになりました。親は転んだというのに自分はどうしても棄教《ききよう》出来なかったという少女は、アルシアナ・シカという名になりましたし、私が原城に入った時に巫女の如《ごと》き姿（この衣装を着せられた者は、私の側近で、私の世話をする女性としての任を山田右衛門作から与えられていた）の美しい三十路《みそじ》の漁師の妻は、テオドラ・トラという語呂《ごろ》合わせのようなふざけた名前になってしまいました。私はトシには、セラフィムという天使の中でも最も高い位にいるものの名を授けました。セラフィム・トシは、しかし私がセラフィムとはどのような天使であるかを教えなかったので、何も知らず、只《ただ》、無邪気にその大それた名前を悦《よろこ》んで受けました。このトシもまた、巫女のような姿をさせられた、私の世話役の一人になっていました。

原城に私が入城したと聞いて、更に多くの農民や漁師、その他、諸々《もろもろ》の隠れ切支丹《キリシタン》が軍に参加したいと城にやってきました。敵方の間者《かんじゃ》として切支丹の振りをして入ってくる者がいる可能性は高く、志願してくる者の全てを受け入れるのは実に危険な行為でしたが、山田右衛門作は敢《あ》えてその危険を承知で、来る者は拒まずの姿勢を取りました。

「疑ってかかっていれば、キリがありませんからな。それに、もう既《すで》に最初の籠城《ろうじょう》の時に、味方を装《よそお》い、敵方と密通している者がなかったともいい切れません」

用心深い山田右衛門作がこのように、味方の吟味《ぎんみ》に関してはがさつな程に緩《ゆる》いことが私には意外でしたが、私はそれに異を唱《とな》えることをしませんでした。とりあえず、私は原城に来てから、聖書《エスキリツウラ》の教えを説いたり、ミキサを行い、人々に洗礼名を与えることで手一杯だったのです。戦《いくさ》に関することは従って、山田右衛門作に預けっぱなしにせざるを得ませんでした。

山田右衛門作は何時《いっ》、どんな戦略で島原城と富岡城に攻撃を仕掛けるかに頭を悩ませていました。というのも、山田右衛門作の予測よりも早く、幕府が動いたのです。山田右衛門作は、幕府が動いたとしても、隣国の藩が協力をするようにという指示を出すに留《とど》まると考えていたのですが、幕府は板倉重昌《いたくらしげまさ》なる者を指揮者として江戸から軍を派遣してきました。板倉重昌は西の湿地帯を埋め立て、そこに陣幕を張り、正面からの攻撃を仕掛けてきました。西を守る一揆の軍勢は、石垣の上から投石を繰り返し、それに攻防、それでも食い下がる板倉重昌の軍を最後には壊滅させ、指揮官である板倉重昌を種子島《たねがしま》で討ち獲《と》るという勝利を手にしたのですが、その勝利が山田右衛門作の心を重くするのでした。何故《なぜ》なら、板倉重昌を破った一揆軍は、それによって相当な武力を行使する力を持っていることを、幕府に知らしめる結果になったからです。

「たかが農民一揆と侮《あなど》られている間なら、島原城と富岡城を墜《お》とすことは容易だったが、今となっては、幕府の連合軍が本気でこちらを向き始めた。島原城の松倉勝家、冨岡城の寺澤堅高が如《ごと》きはたかが田舎《いなか》の外様《とざま》大名、戦《いくさ》の仕方もよく知らぬ者達であるから、人海《じんかい》作戦、力と数で制圧出来た筈《はず》なのだ。が、今や幕府の軍は、隣国の藩も動員させ、相当な数になっている。今、こちらの軍は約五万。向こうはこうして見る限り、十万以上の兵を集めていると思われる。どう動けばよいのだ。そして、新しく幕府から派遣されたという総大将、松平信綱《まつだいらのぶつな》なる者は老中の任に就《つ》く者、戦の猛者《もさ》と聞く。どのような方法で、原城を墜とそうとしているのか、見当が付きかねる……」

確かに板倉重昌の軍勢に圧勝したはいいものの、その数日後には、何時《いつ》の間にか、原城の周囲には攻撃こそ仕掛けてこないものの、無数の違う藩の幟《のぼり》が立ち並び、本丸から見える海の沖合には軍艦らしきものまで現れていました。あの船は何だという私の質問に、山田右衛門作は、幕府が要請した阿蘭陀《オランダ》の戦艦でしょうと応《こた》えました。まさか阿蘭陀《オランダ》が幕府に積極的に協力し、船から攻撃を仕掛けてくることはない、軍艦は飽くまで自分達を威圧する為《ため》の御飾りであろうと山田右衛門作は推測していましたが、確かにその船の出現により、一揆軍の間に動揺が走ったことは事実でした。

松平信綱の軍勢は日を追って数を増やしていくものの、気味が悪い程に手出しをしてきませんでした。原城に私が入ったのは十二月の初頭でした。暦《こよみ》は新しい年を迎えていました。年が変わり板倉重昌を討ってからは、大きな攻防もないまま、両軍は睨《にら》み合っている状態でした。その間、私は大勢の者に聖書《エスキリツウラ》の教えを説いたり、洗礼名を授ける仕事にも慣れ、この原城での生活に馴染《なじ》んでいきました。手が空いた時間、本丸を出て、ぼうっと海を眺め、潮騒《しおさい》の音に耳を傾けることが多くなりました。膠着《こうちゃく》状態とはいえ、戦《いくさ》の真っ最中であり、ここは籠城した廃城、陣の拠点、そして私はかりそめにもその五万名いるといわれる幕府への反乱軍の総大将だということが解《わか》っていながらも、何故《なぜ》か私は潮騒の音に耳を澄ます時、かつて味わったことのない平穏な気持ちを味わうのでした。葡萄牙《ポルトガル》でも天草でも身を置いたことのない心地よさの中に、私はしばし浸りました。異人との間に生まれた子供として、忌《い》み嫌われ、何処《どこ》にも身の置き場がなかった私が、この戦場に拠《よ》り所《どころ》を生まれて初めて持つことが出来たというのは皮肉なことでした。ずっとこうして籠城が続けばいいのに……。私は、馬鹿げたそんな想《おも》いすら、胸に宿してしまうのでした。


「四郎様」

或《あ》る時、私が海をそうやって眺めていると、山田右衛門作の声がしました。戦《いくさ》を始めるとなってから、鎧兜《よろいかぶと》に身を固めるなどして、ずっと武士らしい格好をしていた山田右衛門作は、初めて湯島で出逢《であ》った時のように、いんちき臭い遊び人風情《ふぜい》の格好をしていました。

「何を、御考えで？」

「否《いや》、特には……。只《ただ》、海を見ていたのだ」

「そうですか」

「そなたこそ、昔のふしだらな絵師の格好をして、どうしたのだ。何時《いつ》も、戦《いくさ》に大切なものは身形《みなり》。上に立つ者は威厳のある格好をしていなければ下の者に示しが付かぬし、兵にも兵らしき衣装を与えてやらねば士気が上がらぬといっていたそなたらしくないではないか」

「偶《たま》には、息抜きも必要でしょう」

山田右衛門作は煙管《キセル》を懐《ふところ》から取り出しました。私は、久々に阿片《アヘン》の香りを嗅《か》ぎました。私の脳裏《のうり》に母の面影《おもかげ》が走りました。

「――かも、しれぬな」

独《ひと》りごちるように私がそう呟《つぶや》くと、隣に立ち、山田右衛門作は同じように海の彼方《かなた》に眼《め》を遣《や》ります。

「四郎様。人は何故《なにゆえ》に、生きるのでしょう」

「人の生くるは糧《かて》のみに由《よ》るにあらず――。聖書《エスキリツウラ》にあるのは、そなたが一番、よく知っているであろう」

「神の子である四郎様なら、その意味を応《こた》えて下さるかと」

「からかうな、右衛門作」

「火も風も水も地も味方に付けておられる四郎様でも、解《わか》りませぬか」

「冨岡城を攻撃した時に、皆の前で私がいった言葉だな。ふん、あんなものは、虚仮威《こけおど》しの台詞《せりふ》だ」

「でも実際に火と風を味方に付けられた」

「あれはな、簡単な種のない幻術《げんじゅつ》なのだ。私はあの時、空を仰《あお》いだ。雲を見れば、或る程度の天候の状態は把握出来る。晴天でも雨雲があれば、私はそれを思念し、その雨雲から雨が降り出すことを強く想《おも》う。すれば雨は降る。あの日、空を見ると、風が強くなりそうな雲行きだった。しからばと、私は強い追い風が吹くようにと、思念したのだ。風が吹く気配もない処《ところ》に突風を起こす力なぞ、私にはない。私が今まで皆に見せてきた不思議な事柄は、奇蹟《きせき》でも何でもないのだ。葡萄牙《ポルトガル》でもっと幼き頃、私は錬金術《れんきんじゅつ》なるものを求道《ぐどう》する者達と会った。彼らは異端者とされ、魔術にかまける悪魔崇拝《ジュスヘル》の一派の汚名をきせられていたが、彼らは反基督《キリスト》の者ではなく、学問で神の摂理を読み解こうとする者達であった。私は彼らに、豊饒《ほうじょう》魔術という模倣《もほう》なる術《じゅつ》を用いる原始的な思念の方法と原理を教えて貰《もら》った。私は思念による模倣の力を鍛《きた》え、それで奇蹟を行うかのように見せかけることを憶《おぼ》えただけだ。お陰で災《わざわ》いなす悪魔《ジュスヘル》の子供と称され、葡萄牙《ポルトガル》から追放され、天草に至った訳だがな。——こんなことを話しても、解らぬだろうな」

「否《いや》、及ばずながら、或る程度のことは理解出来ます。俺《おれ》は切支丹《キリシタン》大名であった有馬晴信《ありまはるのぶ》様に仕える者でした。晴信様は基督《キリスト》教の布教の他、南蛮《なんばん》のあらゆる学問や文化を採《と》り入れようとなさいました。そしてセミナリヨという洋画を学べる場所を俺のように絵心のある者にお与え下さったのです。

そこで俺は絵の技法を学ぶと同時に、自分が今まで知らなかった基督教《キリスト》の闇《やみ》の部分も知ることになりました。俺の絵の師匠である葡萄牙《ポルトガル》人が、いわゆる異端と呼ばれる基督《キリスト》教徒だったのです。俺はその師匠の影響で、彼の一派に関心を抱き、その教義や教えを学びました。ご存じでしょうか、グノーシスという古くに栄え、今は異端とされている宗派のことを。俺はそのグノーシス派なのです」

なるほど、山田右衛門作はグノーシスの影響を受けていたのか。然《しか》るが故《ゆえ》に、彼は私も読み難《がた》い古《いにしえ》の葡萄牙《ポルトガル》語で、天主《デウス》の旗に文字を記すことが出来たのだ。山田右衛門作がグノーシスであるというなら、納得がいく。何しろグノーシスは知識を重んじる知的集団であるのですから。

「私に豊饒魔術を教えたのも、グノーシスだ」

「これは奇遇。それではグノーシスの教義を受け継ぐ者が、計《はか》らずも、この一揆の名目上の総大将と、実務的な参謀《さんぼう》である訳なのですな」

「これも天主《デウス》の御心《みこころ》のなせる悪戯《いたずら》なのか」

「で、まだ御応えを頂いておりません。四郎様、人は何故《なぜ》、生きるのか。生きねばならぬのか、を。何故《なにゆえ》に人は生きようとするのでしょう。島原、天草での民《たみ》の暮らしは、余りに酷《むご》いものでした。生き地獄というに相応《ふさわ》しいものでした。それでも、皆、生きることを止《や》めようとはしませんでした。

自らの子を間引《まび》きしたり、売り飛ばしたりしながらも、人は生きるということに固執《こしつ》し続けたのです。四郎様、貴方様《あなたさま》は与三左衛門《よさざえもん》を島原城の前で殺された。あの老人の卑怯《ひきょう》さが赦《ゆる》せなかったことは、承知しています。あの者を殺したことを咎《とが》めるつもりは全くございません。しかし、老い先短いと知りながら、あの老人は、自分の嫁、決して憎かった訳ではありますまい、反対に自分の孫を産んでくれる嫁を可愛《かわい》いと思っていたでしょう、それなのに、自分の命惜しさに、そのものを殺《あや》めることを選んでしまった。それまでに生きることに執着してしまうのは何故なのでしょう。何《いず》れは誰もが等しく死ぬのです。それでも何とか生き延びようとする。四郎様とて、応えられぬかも知れませんね。俺は、ずっとそれを考えてここまで至ってしまいました。——では質問を、変えましょう。四郎様にとって、生きることの意味とは何でしょう」

私は真摯《しんし》な眼をして訊《たず》ねる山田右衛門作の言葉に嘘《うそ》が吐《つ》けませんでした。

「私は、天主《デウス》に復讐《ふくしゅう》する為《ため》にのみ、生きてきた。皆からなじられ、気味悪がられ、何処《どこ》にも身の遣《や》り場がない私を、そしてこの薄汚い、穢《けが》れと欲だけに支配された世界を創造した天主《デウス》というものがいるのなら、そのものを倒す為だけに、私は生きてきた。支配するものもされるものも等しく、醜い。私はその全てを破壊したかった。何故、私を作った——。怒りだけが私の糧《かて》であり、私を衝《つ》き動かしてきたものの全てだ」

「この戦《いくさ》の大将になられたのも……」

「ああ、役人も切支丹《キリシタン》も、全て皆殺しにしてやりたかった。一人でも多くの生に執着する者の命を絶ってやりたかったからだ。生きよ――という天主《デウス》の理不尽な命令の無意味さを証明することが、私の願いだった」

「四郎様の眼の奥にずっと宿り続けていた哀《かな》しい炎《ほむら》は、無尽蔵《むじんぞう》に湧《わ》き上がる憤怒《ふんぬ》の影であったのですね」

私は小さく頷《うなず》きました。

「――そなたは何故に、この戦《いくさ》を起こした？」

その質問に、山田右衛門作は応えようとしませんでした。私は応えを催促しはしませんでしたが、暫《しばら》くした後、山田右衛門作は、語り始めました。

「夢が……みたかったのです。少しばかりの間、夢を、みたかった」

「夢――？」

「そうです。湯島で延々とはかどらぬ談合《だんごう》を繰り返している庄屋達の遣《や》り取りを、俺は小馬鹿にして聞いていました。四郎様と同じです。自分の身の可愛さ故に事を起こせぬ連中を見ながら、俺は興醒《きょうざ》めしていました。このままでは皆が、遅かれ早かれ餓死《がし》してしまう、実際に餓死する者も少なからず出ているにも拘《かか》わらず、それでも生きることの意味すら考えようとせず、しかし自分だけは生き延びようとする彼らの愚かさを、失笑しながら、呆《あき》れながら眺めていました。虫けらのような命なら、虫けらのように奪われる前に、自分の信ずる何かの為に差し出してしまえばいいものを、くだらぬ奴等《やつら》めと嘲《あざけ》りながら、彼らの愚痴《ぐち》に付き合っていたのです。四郎様、この国では、南蛮文化が到来した時、基督《キリスト》教は真っ先に侍に拠《よ》って支持されたのです。ご存じでしたか？」

「否《いや》、知らぬ」

「俺も元、武士。代々、武士の家系に生まれた者の一人でした。徳川が政権を獲《と》り平定するまで、この国は下剋上《げこくじよう》、武士は命の遣り取りを日々、していたのです。武士たる者、自分の主人に仕《つか》え、その者の為には命など惜しげもなく投げ捨てろ。俺達はそう教えられて育ちました。が、世が安泰になると、武士達はとたんに保身に走り、現状を維持すること、自分がこの世の中で上手《うま》く生き抜いて行くことに血道《ちみち》を上げ始めたのです。武士道は地に堕《お》ちました。が、それを諒《りよう》としない者達も少ないながらいたのです。その者達にとって、基督《キリスト》教の教えはまさに奪い取られた武士道の精神を託すに、恰好《かつこう》のものでした。天主様《デウス》への絶対服従。切支丹《キリシタン》となった武士達は、基督《キリスト》の受難に、我が道を重ね合わせ、そこに生きることの意義を見出《みいだ》したのです。単純な輩《やから》といわれれば、それまでです。しかし忠義、主《あるじ》の為にこそ我は生かされているのだと教え込まれた俺達武士にとって、それはとても都合の良い支えとなったのです」

「主《あるじ》への忠義と天主《デウス》への信仰か。確かに同じようなものだな」

「俺は、実際は不器用な人間です。植え込まれた古い武士の精神など、棄《す》ててしまえばいいものを、棄てれば自分を喪失してしまう気がして棄て切れなかった、馬鹿者です。そんな私は、愚かな夢をみました。四郎様、貴方《あなた》様にお逢《あ》いしたからです。四郎様の出現に拠り、皆がそれぞれの思惑《おもわく》はあるにしろ立ち上がり、天主《デウス》様の旗印に命を託そうとしている。四郎様という存在があれば、搾取《さくしゅ》され続けるだけの農民達が信仰だけを拠り所に立ち上がり、城を二つも墜《お》とすことくらい出来るかもしれない。島原城、冨岡城を墜としたとしても、幕府は禁教を解かぬでしょう。禁教を解く為には幕府を倒さねばなりますまい。それは不可能な話。――しかし、信仰が、忠義が、非力《ひりき》な者を奮《ふる》い立たせ、城を二つも攻め墜としたという事実は、全国で虐《しいた》げられている者達の微《わず》かな希望として必ずや輝くでしょう。そして、後《のち》の世を生きる者のささやかな礎《いしずえ》くらいにはなるのではないでしょうか。忠義なるものが、もはや骸《むくろ》でしかない名分《めいぶん》ではなく、世を動かす、生きる力となることを、俺はこの戦《いくさ》で証明したかった。その任さえ果たせれば、俺は自分の生きた意味をそこに下ろせると思ったのです。――侍崩《さむらいくず》れの身勝手な発想です。四郎様、貴方様はさぞかし、この山田右衛門作も憎いでしょう。自分が侍でありたいが為に貴方様を利用した俺を、そして五万もの人間をこうして誑《たぶら》かして、自分の浅はかな夢の手伝いをさせようとした俺を、貴方様は恨まれるでしょう。構いはしません。何時《いつ》でも、打ち殺して下さいな」

「そうだな。そのうち、殺してやろう」

　私は静かにそういいました。

「しかし、戦《いくさ》に勝ってからだ」

「四郎様――」

　山田右衛門作は、それを聞くと、私の前に向き直り、跪《ひざまず》きました。

「申し訳ございません。この戦、勝てませぬ」

「何を弱気な――」

「島原の城も冨岡の城も、攻撃することすら、もう、ままなりません」

「戯《たわ》けたことを……そなた、急に何を」

　山田右衛門作は頭を深く沈めます。

「考え抜いた結論です。一揆軍は、この原城に立て籠《こ》もりし者達は、一人残らず幕府の連合軍に遠からず、壊滅させられます」

　私は山田右衛門作の襟を思わず掴《つか》みました。

「何を根拠に……」

「江戸から遣《つか》わされた幕府軍の頭領、松平信綱がこれだけ長い期間、手をこまねいているのは、攻める手立《てだて》を思案しているからではないのです。松平信綱は、幕府軍は、恐らく、籠城《ろうじょう》した一揆軍を囲み、こちらの食糧が切れるのを待っているのです。干殺《ひごろ》しという兵糧攻《ひょうろうぜ》めを、この軍は今、受けているのです。実際、海で調達出来る食糧には限りがあり、餅《もち》など籠城の際に持ち込んだ糧は底を突いている状態、四郎様には伏せておりましたが、身体《からだ》の弱った者達は衰弱して、城内で死んでいっております。幕府軍は矢文《やぶみ》を再三、攻撃をせぬ代わりに射ってきています。そこには、この籠城が無意味であること、今、籠城を止《や》めて棄教《ききょう》し、出てくる者があれば咎《とが》めなしと保証するというような文言《もんごん》が書かれています。無論、これをそのまま信じる訳にはいきません。が、負けると解ったこの戦です。中には勢いで参加した者も多数いるでしょう。その者達を、幕府の軍がこちらが精根《せいこん》尽き果てた頃を見計らって、総攻撃を掛けてくるまでに、ここから逃がしてやりたいのです。幸い、この原城の本丸の裏には、下の海岸へと続く抜け穴があります」

「幕府軍は、何時《いつ》くらいに攻め込むつもりでいるのだろう」

「幕府軍の松平信綱は大坂城から、大砲を借り受け、陣中に持ち込んでいるとも聞きます。徳川はこの反乱が只《ただ》の規模の大きな一揆だとはもはや考えてなきことは明白。幕府は総力を挙げてこの軍を潰《つぶ》そうとしています。俺が入手している話に拠れば、後《あと》、この十日のうちにも」

「何、後、十日——」

「立て籠もりから約二ヶ月が過ぎています。ここらが限界と向こうは踏んでいるようです。実際、幕府軍の思惑通り、食糧を含めてこの人数で籠城するには、もう限界がきています」

「確かなのか、後、十日というのは」

「味方を装《よそお》い、間者《かんじゃ》として紛《まぎ》れている者が絶対にいる筈《はず》と、俺は秘密裏に探していました。すると、やはりおりました。俺はその者に自分はこの立て籠もりから抜け出たいといい、その間者に抜け道を教え、向こうの情報がこちらに入ってくるようにしました。従って、細かい日取りまでは見えませんが、凡《およ》その目星は立ちます」

「が、誰がここからの逃亡を促《うなが》し、指示する？」

「俺が、やります」

「右衛門作、そなた、何を自分が申しているのかが解っておるのか」

私は山田右衛門作の顔を再度、凝視しました。山田右衛門作は凜《りん》とした表情で応えました。

「解っております。この戦《いくさ》は負ける、その情報も摑んでいる。だからこっそり逃げろと俺が指示すれば、俺は寝返った者として、或る者達から袋叩《ふくろだた》きにされて、四郎様の前に突き出されるやもしれません」

「それだけではない。右衛門作、そなたがやろうとしていることは」

「そうです。負けるとはいえ、これだけの騒動を起こしたのです。この一揆は歴史に残るものとなるでしょう。そして幕府と内通し、一揆軍を唆《そそのか》して逃がした俺は、ずっと卑怯な裏切り者としてその名を遺《のこ》すこととなるでしょう。それを承知で、俺はこの役を引き受けるつもりです」

末代《まつだい》までの汚名を覚悟で、山田右衛門作、お前はユダになろうとするのか。待て、右衛門作、そなたが作った天主《デウス》の旗。あそこに描かれし聖杯を仰ぐ天使の図、あれは、確か、聖体拝領の儀式を元にしたものだといっていたな。あの時は聞き流していたが、基督《キリスト》が最後の晩餐《ばんさん》で、弟子達を集め、パンを取ってこれは私の身体であるといって祝福し、分け与えたそれこそが、聖体拝領の儀式。その晩餐の時に、基督《キリスト》は弟子達にいう。この中で、一人、明日、私を裏切る者がいるだろうと。弟子達は皆、それぞれに否定する。誰がそんなことをいたしましょう、と。そして既《すで》に金貨の報酬を受け取り、基督《キリスト》を裏切り、その居場所を猶太《ユダヤ》を支配していた総監ピラトに報告するユダもまた、しかつめらしく裏切りを否定するのだ。この儀式が絵画や物語の素材となる時、裏に置かれる主題は、その晩餐の聖なる部分ではなく、裏切り者のユダが素知らぬ顔で他の弟子と共にパンを与えられ、食べているという部分に当てられる。当然、グノーシス派の師匠の許《もと》で絵を習った山田右衛門作が、そのことを知らぬ訳がない。右衛門作、お前はあの旗を描いた時、既にこの事態を予測していたのか。否《いや》、このような事態を推測出来ずとも、最後に私を裏切る者が必要となった時には自分がその任を担《にな》うことを決意していたのだな。右衛門作、何故《なにゆえ》にそなたはそんな勝手なことをする。そんなことをこの私が赦《ゆる》すと思うのか、右衛門作。全ての罪は私に擦《なす》り付ければ良いのだ。その為の私ではないか。右衛門作、右衛門作……。

「四郎様。いくら俺が諭《さと》そうが、ここで犬死にすることを選ぶ、愚かな民も多数出るでしょう。その民の最期《さいご》の救いとして、貴方《あなた》は神の子であり続けて下さいませ。その者達が無駄に死んでいくのなら、せめて、それを殉教《じゅんきょう》としてやりたいのです。お願い申し上げます。彼らに、死ぬ直前くらいは、天国《パライゾ》に行く者としての、夢を、見させてやって下さい。後生《ごしょう》のお願いでございます」

「山田右衛門作……」

「はい」

「そなたを、そなたを……殴ってもよいか……」

「御随意に」

裏切り者。裏切り者。裏切り者。――私は山田右衛門作を小さな拳《こぶし》で殴り続けました。どうしてそなたはそこまでにして、忠義に生きようとするのだ。他の者のように、我利《がり》我欲《がよく》に生きられぬのだ。右衛門作、赦してくれ。そなたを裏切り者にしなければならぬこの無力な私を。天主《デウス》への恨みをはらす為に皆を欺《あざむ》いてきたこんな私の為に、ユダの役をかって出なければならないそなたを、私は基督《キリスト》のように祝福すらしてやることが出来ない。右衛門作、こんな国ではなく、葡萄牙《ポルトガル》で出逢いたかったたな。右衛門作、こんな時代にではなく、禁教が厳しくなる前の南蛮文化が持て囃《はや》された、少し昔に、出逢いた、かった。右衛門作、そなたの頬《ほお》は、身体は分厚いな。温かだな。もっと殴らせてくれ、右衛門作。もう、そなたを罵倒《ばとう》することも適《かな》わなくなるというのなら。

「四郎様、夕食の御用意が出来ました」

向こうで私を呼ぶ声がしました。山田右衛門作は優しく私の拳を摑み、夕食に行けと促します。

私は駄々っ子のように首を横に振り続けました。

「天主《デウス》様の御遣《みつか》いの癖《くせ》して、全く坊やだな。メシ、食ってこい。そしてこれから先は、出来るだけ俺に近付くな。お前は、総大将、天草四郎時貞なのだぞ」

私は「ならば、馴《な》れ馴れしい口をきくな」といい、山田右衛門作の許を去りました。

籠城《ろうじょう》している兵の数が、日増しに減っていることは、実際に陣頭指揮を執《と》っていない私の眼《め》からみても明らかでした。山田右衛門作《やまだうえもんさく》の迅速な逃亡の勧誘が巧を奏している、それは証《あかし》でありました。

しかし刻限が迫っていることもあり、山田右衛門作は、おおっぴらに原城《はら》を棄《す》てろと触《ふ》れてまわっている訳ではありませんが、かなり危険というか大胆な説得を各兵にしていたようです。山田右衛門作がそのような裏切り行為、唆《そそのか》しを行っていることは、右衛門作との話し合いの三日後には、私の耳に届きました。

「四郎様、あの男が幕府軍と内通し、一揆《いっき》軍は負けるといいふらし、今のうちなら裏から逃げられるといって、兵を減らしていることは確実です。いくら外堀を固めても中から蝕《むしば》まれていくようでは、統率が乱れます。優秀な参謀《さんぼう》でありましたが、やむなし、山田右衛門作を、討ちましょう」

そのように注進してくれる者に、私は只《ただ》、「構わぬ。右衛門作のことは捨て置け」というしかありませんでした。山田右衛門作は、女子供を中心に、主《おも》には小作《こさく》や漁師達に籠城の放棄を呼び掛けているようでした。が、裏腹に、城から率先して逃げ出したのは、侍崩《さむらいくず》れや、小作を束ねる庄屋《しょうや》達でした。山田右衛門作は自分一人で、約五万の兵に呼び掛けるのは困難と思い、益田甚兵衛好次《ますだじんべえよしつぐ》に事の次第を打ち明け、彼と共に、立て籠《こ》もりから抜ける意思がある者は抜けられる旨《むね》を広めたかったようですが、勝ち目がないと知らされた益田甚兵衛好次は、真っ先に一人、さっさと抜け穴から脱出してしまいました。しかしそれを聞かされても、不思議と私は、前のように激昂《げっこう》する気にはなれませんでした。あの男らしい――と妙に、穏やかに思えるのでした。

「四郎様、お召し替えを」

巫女《みこ》のような姿をした島原《しまばら》の遊女、キヌとクニの二人が何時《いつ》ものように、私の休んでいる本丸《ほんまる》の四畳くらいの部屋に入ってきました。クニは遊女といっても、まだこの一揆に参加するまでは女郎屋に売られたばかりで、歳《とし》は十二、下働きをしていたのでした。

「クニ、そなた先々から思っていたのだが、顔色が悪いぞ。足元もふらついておる。病《やまい》なのではないか」

「否《いえ》、至って丈夫です。それに、四郎様、再三お願い申し上げているではありませんか。洗礼を授かった私は、クニではなく、ソランジュでございます」

私の側近を務める女達もまた、他の者達と同じように自分の名を洗礼名で呼ぶ、呼ばれることに執着していました。

「悪かった。ソランジュ・クニ。しかし、嘘《うそ》を申すでない。明らかに身体《からだ》の具合が悪いのであろう。籠城もはや二月《ふたつき》を過ぎて、存分な滋養も摂《と》らせてはやれぬが、せめて、身体を休めておけ」

「四郎様の御世話をしている方が、床にふせっているよりも、ソランジュにはとても良い滋養なのです」

「戯《たわ》け者《もの》めが」

身支度を整えていると、トシが朝食を持って入ってきました。

「トシ、否《いや》、セラフィム・トシ。こうやって私は日に三度、食事をさせて貰《もら》っているが、そなた達は食べているのか」

明らかに私が原城に入る時よりも瘦《や》せこけたトシに私は訊《たず》ねます。

「はい。頂いております」

それが虚偽《いつわり》であることは明らかでした。

「では、今日の朝、そなたは何を食べた」

「具雑煮《ぐぞうに》をお腹一杯」

「昨日の夜は？」

「やはり具雑煮をお腹一杯」

「昼は？」

「具雑煮——否《いえ》、海から大きな鰹《かつお》が沢山《たくさん》、揚がりましたので、それを」

「今の季節に鰹が獲《と》れる訳、あるまい。嘘もたいがいにいたせ」

「本当でございます。それもこれも、四郎様の御力だと」

いくら本当に私が神の子であったとて、この季節の海から鰹を揚げさせることは出来ぬ。頓馬《とんま》な娘だ。嘘もろくに吐《つ》けはしない。私はもうそのことに就《つ》いて詮索《せんさく》をするのを止《や》めました。

「それにしても、やはり四郎様は御美しい——」

トシはそう呟《つぶや》き、私の為《ため》の膳《ぜん》を置くと、口をぽかんと開けてこちらを見詰めました。

「セラフィム・トシ。また、そのように眺めておるのか。困った奴《やつ》だ」

私は苦笑いをするしかありませんでした。

「四郎様。口之津《くちのつ》の海岸に御姿を現されてから、一揆が始まり、この原城に入ってこられるまで、セラフィムはずっと、貴方様《あなた》を尊《たつと》き神の御遣《みつか》いとして、その美しさに驚かされてばかりでした。ですが、原城に入城され、この本丸で洗礼を皆に御授けになり始めてから、益々《ますます》、四郎様は御美しくなってこられたような気がいたします。学のない、オラショさえ人より憶《おぼ》えるのに時間の掛かる頭の悪い私がこんなことをいうのは、とんだ見当違いかもしれませんが、原城に来られるまでの四郎様は、いわば基督《キリスト》様でした。その神々《こうごう》しさの中には、十字架を背負わされた基督《キリスト》様みたいな険《けわ》しさがございました。が、この廃城で私達に教えを説き、ミヰサを行って下さるうち、四郎様の中から、その険しさが薄らいでいったように、セラフィムには思えるのです。今の四郎様の御美しさは、そう、慈愛に満ちた、聖母マリア様のようでございます」

「私が、聖母マリアだと？」

「はい。最初、四郎様は私に何か望みはあるかと訊ねられました。憶えておいででしょうか。その黄金のロザリオを御見せ下さった時です」

「憶えている」

「あの時、私は、聖母マリア様が見たいと申しました。四郎様は、それは無理だとおっしゃいましたが、今、私は、セラフィム・トシは、現に、聖母マリア様の御姿を見せて頂いております」

私が慈愛に満ちたマリアだと。この信仰という名の許《もと》に陶酔し切っている娘は、一体、何をいいだすのだ。トシ、私はそなたを含め、全ての天主《デウス》を仰《あお》ぐ者達を絶滅させることを目的とした、神の子の姿を偽《いつわ》った悪魔《ジュスヘル》なのだぞ。この手で、生きている資格がない人でなしとはいえ、大百姓の与三佐衛門《よさざえもん》も殺《あや》めたし、庄屋の渡辺小左衛門《わたなべこさえもん》も殺めた。そなたが仰ぐマリアは身も心も、血で染まっているのだ。そんなことを知る由《よし》もなく、頑《かたく》なに信仰に生きる者よ。私を拝しても、そなたは天国《パライゾ》になぞ行けぬのだぞ。もし彼方《かなた》に天国《パライゾ》があるのだとしても、そなたが尊《とうと》んでいるのは、天主《デウス》に抗《あらが》う悪魔《ジュスヘル》なのだから。しかし、こうして愚直に私を崇拝するこの者達を何とか、幕府軍が攻め込んでくる前に、いいくるめて城から逃《のが》せぬものだろうか。私はそればかりを考えるのでした。

暦《こよみ》は三月に差し掛かろうとしていました。夜半、床に就《つ》いていると、部屋の戸をこつこつと叩《たた》く音がしました。山田右衛門作でした。久々に見るその顔には大きな青痣《あおあざ》がありました。

「どうしたこんな時間に。それにその顔の傷は？」

「四郎様は捨て置けといわれたが、裏切り者を赦《ゆる》してはおけぬと、血の気の多い者達に、少しばかり……」

「済まぬな」

「情報が摑《つか》めました。三日後、つまりは二月二十八日の未明、幕府の連合軍は総攻撃を仕掛けると決めたそうです」

それを聞いた時、私の頭の中に閃光《せんこう》が走りました。初めての体験でした。が、その閃光の知らせに私は、絶対的な確信を持ちました。

「右衛門作、確かに予定はそうかも知れぬ。が、軍は二十七日の昼に攻め入ってくるぞ」

「何を根拠に」

「根拠はない。そしてそなたも知っての通り、私に預言の力などない。が、解《わか》るのだ。攻めは前日の二十七日に来る。必ず、来る。それまでに、無理矢理にでも、出来るだけ多くの者を城内から逃がすのだ。猶予《ゆうよ》がない。抜け穴が何処《どこ》にあるか、戦《いくさ》が始まってからもそれぞれが逃げようと思えば逃げられるよう、知らせることは可能か？」

「やってみます」

「今、どれだけの者が籠城《ろうじよう》している？」

「凡《およ》そ、三万弱かと」

「一万以上は、脱出したのだな」

「はい」

「では、何とか二十七日までに後《あと》、一万を逃がしてくれぬか」

「それは難しいかと。無論、二十七日に攻撃があると申せば、恐れをなして若干《じゃっかん》の者は逃げる道を選ぶでしょう。がしかし、今、籠城している者達は、天主様《デウス》の許《もと》に最期《さいご》まで戦い切ると思い詰めた余りに敬虔《けいけん》な者達ばかりです。どれだけの者を、脱出させられるか……」

「そうか――」

私は考え込みました。そして山田右衛門作にいいました。

「明日の昼八ツ、籠城する者達を出来る限り、何時《いつ》も聖書《エスキリツウラ》の教えを説いていた二の丸の外に集めてくれぬか。堀の最前列で攻撃に備える者達も全て。これは天草四郎時貞《ときさだ》の命《めい》であると申してくれ」

「何をなさるおつもり」

「天国《パライソ》に行けると信ずる者に最期の教えを説く」

「承知しました」

「右衛門作――」

私は立ち去ろうとする山田右衛門作の背中に声を掛け、呼び止めました。

「何でしょう」

「私は、疲れたのだろうか……。この廃城に入ってから、自分でも情けない程に、気弱に、そして甘くなってしまったようだ」

「そんなことはありません」

「否《いや》、自分で自分の腑《ふ》抜《ぬ》けさ具合がおかしいわ」

私は自嘲《じちよう》するように微笑《ほほえ》みました。が、山田右衛門作はそんな私の眼《め》を真っ直《す》ぐに見返すと、静かにこう応《こた》えました。

「否、原城に入られてからの四郎様は、お飾りの総大将ではなく、本物の総大将になられました」

「戯言《ざれごと》を申すな。それにこの場に及んで、同情や追従《ついしよう》はいらぬぞ」

「戯言でも何でもございません。この山田右衛門作の本心を明かしただけのこと」

「右衛門作よ。私は天主《デウス》の御遣《みつか》いを騙《かた》る悪魔《ジュスヘル》の子なのだぞ」

「グノーシスの学を御持ちの四郎様なら、ご存じでしょう。悪魔《ジュスヘル》とは天主《デウス》様に反抗し、羽をもがれ地に堕《お》とされた天使の末裔《まつえい》であることを」

「たとえその昔は天使であろうが、羽をちぎられた天使は、悪魔《ジュスヘル》でしかない。悪魔《ジュスヘル》は悪魔《ジュスヘル》として生きるのみだ」

次の日、私は巫女《みこ》の姿をした女達を引き連れ、そして本丸に置いた聖母マリアのイコンや十字架、天主《デウス》の旗をその者達に持たせ、二の丸の毎回教えを説いている石垣の頂上へと昇りました。小雨が降っていました。兵士達は皆、疲れ切っていましたが、それでも私の姿を認めると背筋を伸ばし、両手を組みました。それを眼下にしながら、私は声を張り上げました。

「よく聞くがいい。明日、幕府の軍は攻撃を仕掛けてくる。間違いはない。天主《デウス》のお告げがあった」

どよめきが静かに拡《ひろ》がりました。

「が、はっきりと申そう。この戦《いくさ》で、私達、天主《デウス》の軍は敗れる。何故《なにゆえ》に、天主《デウス》が私達にそのような受難を与えられるのか、それはこの私にも解《わか》らない。しからば、無用な血を流す必要など何処《どこ》にあろう。死に急ぐ必然があろうか。私は、皆に願う。本丸の裏にある抜け穴から、攻撃がある前にここを脱せよ。そして、生きよ。ここから逃れ、生きることは、棄教《ききよう》することと思う者がいるなら、私はいう。棄教せよ、天主《デウス》への信仰なぞ、棄《す》ててしまえ」

沈黙がありました。が、一人の者が叫びました。

「四郎様。信仰を棄てることなぞ、出来はしません」

予測していた反応でした。私は、更に声を大きくします。

「信仰を棄てられぬというなら、仕方がない。しかし信仰とは心の中にあれば良いもの。幕府の切支丹《キリシタン》狩りによる踏絵《ふみえ》なぞ、平気でやれば良いのだ。そして転んだ振りをして、強《したた》かに生きれば良い。天主《デウス》はそれを咎《とが》められはしない」

私は皆によく見えるように、聖母マリアのイコンを掲げ、それを地面に置きました。

「見よ。こうして、聖母マリアの像でも基督《キリスト》の像でも、踏み付ければよいのだ」

私は脚で、思いきり、イコンを何度も踏み付け、そしてその上に唾《つば》を掛けました。傍《そば》に従う女の一人から木製の十字架をもぎ取ると、その十字架を圧《へ》し折り、皆の前に投げ捨てました。

「このように天主《デウス》を愚弄《ぐろう》しようと、ほら見ろ、何も起こらぬではないか。私は雷《いかずち》に撃たれる訳でもなく、皆の前に立っている。さぁ、踏むのだ、聖母の像を。何なら、この天主《デウス》の旗を燃やしてもよいぞ」

私は最前列の小作であろう白装束《しろしょうぞく》の貧相な顔をしたか細き男の腕を引き、踏み付けて泥だらけになったイコンの前に立たせました。

「さぁ、踏んでみろ」

男は蹂躙《じゅうりん》されたイコンを見続けていました。

「踏むのだ」

「……四郎様。無理です。御赦《おゆる》し下さい」

男は跪《ひざまず》き、私の前で土下座をしました。

「何故《なぜ》、出来ぬ。こうやるのだ。こうやって、踏むのだ！」

私はそのイコンを諸悪の源のように、再度、踏み躙《にじ》りました。ぬかるみの中で踏まれたイコンは泥だらけになっていました。その時、私のその脚にイコンから放そうと食らい付く者がいました。共に二の丸の階段の頂きに上がった、それはトシでした。

「四郎様！　御止《おや》め下さいまし。私達の為《ため》に、四郎様が、このようなことを、天主《デウス》様の命《めい》に反してやって下さるだけで、私達は、私達は、もう何も望みません。……真に尊《とうと》きお方、自らを擲《なげう》ってまで、私達の罪咎《つみとが》を背負われようとするお方。私達は、たとえ首を刎《は》ねられようが、もう、満足でございます」

違う。違うのだ、トシ。何処《どこ》までそなたは痴《し》れ者《もの》なのだ。こんなものを踏んでも、こんなものに唾しても、何も変わらぬのだ。まだ解らぬのか、天主《デウス》というものの意地の悪さを。信仰というもののくだらなさを。私は、皆の為に敢《あ》えて罪を背負い、ここで天主《デウス》に背《そむ》いている訳ではないのだ。天主《デウス》などという訳の解らぬものに誑《たぶら》かされているそなた達、その姿形もないものの為に命を投げ出そうというそなた達に、生きて欲しいのだ。尊きは私ではない、天主《デウス》でもない。尊きはそなた達なのだ、トシ。尊きそなた達が生きずしてどうする。

「放せ、トシ！」

「放しませぬ」

私は屈強に脚に纏《まと》わりつくトシの身体《からだ》を両手で抑《おさ》え付けると、膝《ひざ》でトシの咽《のど》を突きました。トシが転がります。自由になった私はまたもや、イコンを踏もうとしました。が、私の身体は他の周囲の女達に拠《よ》って羽交《はが》い締《じ》めにされました。「もう充分でございます」「これ以上、その身を御痛めにならないで下さいませ」。そういいながら女達は皆、涙を流していました。それを見守る者達もまた「四郎様！」と口々に叫び、その場にひれ伏します。

「私達の為にここまでして下さった四郎様の為に、私達は戦いましょう。敗れ去る運命だとしても誇り高く、私達は天主《デウス》様の軍として戦《いくさ》に挑《いど》むのです」

遊女のキヌが天主《デウス》の旗を持ち、皆にそう告げました。

「サンチャゴ！」

「四郎様、万歳《ばんざい》」

歓声に似た叫びがこだまする中、私は女達に抱えられるようにして本丸に連れ戻されました。

雨が強く降り始めました。失敗だ。何故《なにゆえ》にこうなる。私はモーセのように、天からパンを降らすことも出来ねば、基督《キリスト》のように死人《しびと》を生き返らすことも出来ぬのだぞ。遣《や》り切れぬ想《おも》いと無力感で、私は動くことすらもう、適《かな》いませんでした。

翌《よく》の二十七日の昼、やはり幕府軍は石垣を登り、原城に攻め込んできました。石垣を攻略しようとする軍勢に対し、こちらは投石、種子島《たねがしま》などで応戦していましたが、幕府の軍勢の余りの多さにこちらの用意した武器は数時間で底を突いてしまいました。最後の抵抗とばかり、女達は鍋《なべ》や釜《かま》などを石垣の上から投げ付けましたが、もうそれは悪足搔《わるあが》きでしかなく、敵軍はとうとう原城の敷地内に入り込んできました。石垣を攻略されては、兵糧《ひょうろう》攻《ぜ》めに遭《あ》って体力も限界のこちらの軍勢に分《ぶ》はありません。次々に天主《デウス》の軍に従事する者達は斬《き》られ、首を刎《は》ねられていきます。男も女も子供も容赦《ようしゃ》なく、敵方は一揆軍を皆殺しにするつもりであるようでした。

三の丸が破られ、二の丸に幕府軍が侵攻しようとしているとの知らせが入り、私は私を囲い擁護《ようご》する女達を退け、本丸を出て、二の丸へと向かいました。大砲の音がしました。昨日皆を集めてイコンを踏み付けた頂きに上がり、私はせめぎ合いながらも押して石段を駆け上がってこようとする幕府の軍勢の前に立ちました。

「あれが、天草四郎だ」

「気を付けよ。あの者は妖術《ようじゅつ》を使うという」

大袈裟《おおげさ》な鍬形《くわがた》を付けた兜《かぶと》を被《かぶ》り、赤い胴丸の鎧《よろい》を纏《まと》った、武将らしき者が私の姿を認めると、歩みを止めました。

「そう。私が天主《デウス》の御遣《みつか》い、天草四郎時貞である。うぬらは天主《デウス》の逆鱗《げきりん》に触《ふ》れた。容赦はせぬぞ。混沌《こんとん》たる砂漠の中の神殿。姿形現さず、生まれ出《い》づることなき力よ。今、ここに天主《デウス》に成り代わり伝える……」

自分が行おうとしている思念に拠る力が発揮出来るか否《いな》か、自信はありませんでした。が、私は眼《め》を瞑《つむ》り、二の丸の上へと続く階段が瓦解《がかい》する様《さま》を一心に想像しました。

「地よ、砕けよ！」

私の頭の中の像が変形した処《ところ》で、私はそう叫びました。かっと眼を見開くと、武将達が立っている石段に亀裂《きれつ》が生まれ、土砂崩れが起こり、その場が瓦解していきます。敵も味方もが土砂に埋もれました。辛《かろ》うじて武将は下敷きにならず、生き残っていました。私は舌打ちをしましたが、しかしそれが幸いしたのです。武将は「一旦《いったん》、退却する」といい、軍を引き揚げていきました。

夕闇《ゆうやみ》が辺りを包み始めました。幕府の軍勢を退却させたとはいえ、もう殆《ほとん》ど、原城は陥落したも同然でした。生き残った兵は四分の一にも満たぬ状態。再度、襲撃を受ければ、もうどんな手を尽くしたとしても、一揆軍は壊滅でしょう。味方の死骸《しがい》が折り重なる凄惨《せいさん》な廃城の敷地の中で、それでも存命する者達は怯《おび》えることなく、むしろ自分達は優勢であるという顔つきで「明日こそは」と士気を昂《たか》ぶらせるのでした。「また四郎様が奇蹟《きせき》を起こして下さった。恐れるものなどあるものか」。本丸の中で、側近の女達に囲まれ、私は夜を明かしました。ミキサの際に用いる蜜蠟《みつろう》を、もう使うことはないが故《ゆえ》に惜しげもなく、私は銀の燭台《しょくだい》に載《の》せ、それに灯《ひ》を点《とも》し、夜明かしの為《ため》の灯《あかり》として用いました。

「逃げてくれぬか。戦《いくさ》の勝敗はもう、付いている。そなた達だけでも、抜け穴から、逃《のが》れてくれぬか」

「そんなことは出来ません」

「この国の戦《いくさ》というものは、女子供は見付けても見逃すというのが筋であると聞いていたが、この戦いでは、そんなか弱き者達すら容赦なく、斬《き》っていく」

「切支丹《キリシタン》は人にあらず――ということでしょう」

漁師の妻が応《こた》えました。

「私には、そなたらを守ってやれるだけの力がない。否《いや》、ここにいる、数名のそなた達すら守る力も……ないのだ。逃げてくれぬか。頼む。棄教《ききょう》してくれぬか」

私は頭を下げました。

「四郎様」

トシが私の肩に厚手の布を掛けてくれました。

「私達が、私が、踏絵《ふみえ》をすることが出来ぬのは、天主《デウス》様の御怒りが恐いからではないのです。踏絵をしたとて、棄教を迫られ、信仰を棄《す》てたと宣言したとて、優しき天主《デウス》様は、きっと御赦《おゆる》し下さることは、もうせんから解《わか》っております。私が踏絵を拒むのは、天主《デウス》様の為ではなく、自分の為なのです。自分の心をお救い下さった天主《デウス》様が、いくら自分を裏切ってもよいとおっしゃっても、私にはそれが出来ません。人へは偽《いつわ》りの証《あかし》を立てられても、自分を偽ることは出来ないのです。天国《パライゾ》になぞ行けなくても良いのです。どんなにひもじかろうが、どんなに苦しかろうが、自分を救って下さったものへの、感謝だけは忘れたくありません。それを忘れてしまうくらいなら、何故《なにゆえ》に、私は生きるのでしょう。それを忘れてまで、生きることに意味などあるのでしょうか」

私はトシの澄んだ眼《め》を見詰めました。

「トシ。セラフィム・トシ。そなたは、馬鹿で愚鈍だと思っていたが、誰よりも賢く、そして気高いな」

そう呟《つぶや》くとトシは、顔を真っ赤にして、恥ずかしそうに、首を横に振りました。

「四郎様」

今度は遊女のキヌが声を掛けてきました。

「四郎様は、聖書《エスキリツウラ》の御話をして下さいました。そこで、基督《キリスト》様が処刑された時、弟子達は皆、その場から立ち去ってしまったのに、一人の娼婦《しょうふ》だけがその最期《さいご》を見届けたとおっしゃいました。そして誰よりも先に基督《キリスト》様の復活を見たと。その娼婦の名も基督《キリスト》様を御産みになった聖母と同じくマリアの名を持つ。――遊女である私に、そのマリアの名を下さったのは、四郎様です。嬉《うれ》しかった。こんな私でも、生きていてよいのだと四郎様は私に教えて下さいました。四郎様、私は天主《デウス》様が本当に存在するのか、天国《パライゾ》が本当にあるのかなんてことは解りません。そういう意味では私はとても不信心な女です。でも、四郎様は確かにこうして私の眼の前にいらっしゃる。天主《デウス》様の御遣《みつか》いなのか、四郎様を疎《うと》んじる者達がいうように悪魔《ジュスヘル》の子なのかなんてことは、どうだってよいのです。大事なことは、四郎様が私に新しい、本物の命を与えて下さったということなのです。私だけに特別に、命を授けて下さった訳ではないでしょう。様々な人に四郎様は命を御授けになられました。ですから、私一人が、貴方様《あなた》の許《もと》から去ったとしても、貴方様を尊《たっと》ぶ者は大勢いるのですから、咎《とが》められることはない。でも、私は四郎様の為にではなく、私自身の為に、貴方様の御傍《おそば》にいたいのです。貴方様がいくら否定されようが、私にとって従うべきものは、貴方様だけなのです。唯一の天主様《デウス》は、空の彼方《かなた》にいる御方《おかた》ではなく、生身の貴方様なのです。ですから、我儘《わがまま》を承知で、私は貴方様と最期まで共にいさせて頂きます」

夜は終わりを告げ、空が白《しら》み始めました。また合戦の声が聞こえてきました。私は女達に身繕《みづくろ》いをして貰《もら》い、皆と共に本丸の外に出ました。あちこちで火の手が上がっていました。一揆軍の姿は殆《ほとん》ど見えず、鎧兜《よろいかぶと》の幕府軍の兵ばかりが眼《め》につきました。刎《は》ねた女の首を高々と掲げ、高笑いをしている者の姿が見えます。もう既《すで》に誰かに拠《よ》って討たれ息絶えた者の首を斬《き》り落とし、その首を抱えて「討ち獲《と》ったり」と叫ぶ者の姿も見えます。私と側近の女達はそんな有《あ》り様《さま》を只々《ただただ》、黙して見続けていました。――と、そこに見慣れた顔の男が現れました。本丸の後ろの石垣は、ぼろぼろの装束《しょうぞく》に身を包んだ生き残った数少ない最後の兵達が、必死に守っています。が、この男はその方向から急に現れたのです。多分、抜け穴を知り、そこから上がってきたのでしょう。

「一揆の総大将、天草四郎時貞の首を獲《と》った者には、金五百、莫大《ばくだい》な褒賞金《ほうしょうきん》が用意されているという。唐津《からつ》藩への士官も適《かな》うという。天草四郎、覚悟」

混濁した眼をぎらつかせながらそういって本丸に火を放ち、刀を抜いたその男は、仮の父である益田甚兵衛好次でした。不意の出来事に、私は脇差《わきざし》に手を遣《や》ることすら出来ませんでした。あっという間に本丸は業火《ごうか》に包まれます。私は女達を見ようとしました。が、その刹那《せつな》、益田甚兵衛好次の刀が、私の腹に食い込みます。痛みはありませんでした。只《ただ》、身体《からだ》の中から何かが大量に抜け出していく感覚だけがありました。益田甚兵衛好次は私の腹に刀を突き刺したまま、刀から手を放し、尻餅《しりもち》をつき、後退《あとずさ》りを始めます。

私は空を見上げました。白い鳩《はと》の大群が本丸の彼方《かなた》を旋回しているのが見えました。死ぬのだな——。私は自分の最期《さいご》を悟りました。私は振り向き、火の城となった崩れゆく本丸の中に飛び込みました。

すると、私の後に従って、共にいた巫女《みこ》姿の女達も次々と、本丸の中に入ってきます。煙と業火の中、私は女達を制する言葉を吐くことすら出来ませんでした。女達は手を絡《つな》ぎながら火の中で私を囲み、歌を歌い始めました。それは奇《く》しくも、昔、母が葡萄牙《ポルトガル》の地で歌っていたあのオラショでした。

たっとき　よやれ　でうすさま
ほめ　たっときたまえ　たっとき　たまえ
おんほめ　たっとき　たまえ
われなりとがの　けがれなきよに
はは　まりあさま　はは　まりあさま
きずこうふりたもうとも
よしなの　つみとが　おいてはせいを
いのりたもう　いのりたもう
おんみ　ますます　たてまつる
てんにおいては　おんみのたっとき
ますます　さかえ
はは　まりあさま　はは　まりあさま
ねがわく　はからいたてまつる

あめん　でうすさま

歌いながら女達は立っていることが適わず、その場に倒れていきます。が、咽《むせ》びながらも女達はオラショを歌うことを止《や》めませんでした。

その歌声は私を限りない安らぎへと誘《いざな》いました。私は女達、一人一人の顔を眺めていきました。眼を合わせると、女達は皆、まるで楽園にでもいるかのように清々《すがすが》しく、嬉《うれ》しそうに微笑《ほほえ》みを見せました。つられて私の口元にも微笑が零《こぼ》れます。——マリア・キヌ。そなたの心、しかと受け止めたぞ。そなたこそが真のマリアだ。聖母マリアよりも、受難を前にした基督《キリスト》の脚に香油を降り注《そそ》いだといわれるベタニアのマリアよりも、基督《キリスト》の最期を見届けた娼婦であるマグダラのマリアよりもマリアと呼ぶに相応《ふさわ》しい者こそが、そなただ。——アルシアナ・シカ。そなたは無口故《ゆえ》、余り話をする機会を持てなかったな。しかし私はちゃんと知っているぞ。無口ながらもそなたが人一倍、馬鹿丁寧に働いていたことを。皆の着物のほころびを見付けたら、何もいわず夜中に本丸の隅《すみ》で繕《つくろ》い仕事をしていたことを、私は知っている。知っているぞ、アルシアナ・シカ。——テオドラ・トラ。忙しさ故、いい加減な洗礼名を与えてしまって済まなかった。漁師である夫は、抜け穴から逃げたというのに、よく最期まで一緒にいてくれたな。飢饉《ききん》の為《ため》に死なせてしまった我が子に洗礼名を与えて欲しいと願い出たそなたの子は、きっとそなたの子として生まれてきたことを誇りに思っているであろう。――ブリジッタ・タキ。そなたの考案した具雑煮《ぐぞうに》、食べ飽きたが美味《うま》かったぞ。戦《いくさ》の中でなければ、そなたの他の料理も食してみたかったものだ。しかしそなたの具雑煮でどれだけの者が助けられたことだろう。皆に成り代わり、礼をいうぞ。――ソランジュ・クニ。小さき身体で病《やまい》と戦いながら、よく甲斐甲斐《かいがい》しく世話をしてくれたな。もうすぐひもじさも病も苦にならなくなるぞ。この世は辛《つら》かったな。何故《なぜ》、こんな時代に生まれたのだろうな。後《あと》、少しの辛抱だ。もっと近くに来るがいい。もっと傍《そば》に。共にまいろう。共に逝《ゆ》こうぞ、彼方へ。天国《パライソ》か地獄《インヘルノ》かは解らぬが、久遠《くおん》の場所へ。――そして、セラフィム・トシ。相変わらず、額が広いな。せっかくの美貌《びぼう》が台無しだ。トシ……トシ……。大丈夫か。まだ逝くな。私の死を見届けてから後に付き従ってくれ。そなたが先に死んではならぬ。そなたの信仰こそが私を闇《やみ》から光の差す場所へと導いてくれたのだ。有《あ》り難《がと》う。本当に、有り難う……。救われたのは、この私だ。慈愛を受け取ったのは、この私なのだ。そなたの何の価値もない、しかし健気《けなげ》で一途《いちず》な想《おも》いが、私の生きる意味を変えてくれたのだ。悪魔《ジュスヘル》の子の生きる意味を変えてくれたのだ。そなたこそが奇蹟《きせき》を起こす救世主だったのだ。トシ、そなたは、とても美しいぞ。

　そういえば、山田右衛門作は、どうしたのだろう。戦《いくさ》に敗れて果てたか？　否《いや》、そなたのことだ、きっと生き残り、この戦のことを後世に語り伝えてくれるであろう。右衛門作、右衛門作……。懐かしいな。何故《なぜ》か無性にそなたが懐かしい。そなたは語ったな、夢をみたのだと。ならば右衛門作、私も夢をみていいか。この火の中で、刹那《せつな》の、夢をみていいか？　私は、天草四郎時貞だ。この尊《とうと》き者達を救う為に、天から遣《つか》わされた神の子だ。ここを安息の地だと思っていいのだな。私は必要とされし者だと思ってよいのだな。私を囲むこの者達の優しさを、そのまま受け入れてよいのだな。私の為に死にゆくこの者達を救う天主《デウス》の御遣《みつか》い、天草四郎時貞として最期を全《まっと》うしてもよいのだな。私は、生まれてきて良かったのだな。私は、もう、一人きりではないのだな。右衛門作……。右衛門作……。もう、私の中には憎悪もない、恨みもない。穢《けが》れも、残忍さも、狡猾《こうかつ》さも、保身も、我《が》利我欲《りがよく》も、全てのものがささやかなもの、否《いや》、愛《いとお》しいものにすら思える。不思議だな。そうか、右衛門作、解ったぞ。全ての者が愚かだ。しかし愚かであるからこそ人は人なのだ。そなたも、私を囲む女達も、余りにも愚かだ。そして右衛門作、私もまたその愚かなる者の一人であるのだ。私は死の間際《まぎわ》で人となれた。そなたや、この女達のおかげで、人となり、満たされた。信仰に拠《よ》って満たされたのではない。私を信じてくれたこの者達の人としての愚かさが、今、私の中の砂漠を湖にしたのだ。右衛門作……右衛門作……。もう一度、顔がみたい。そなたの分厚い身体に触れたい。右衛門作――。しかし、ここは、とても、とても、暖かいぞ……。ここにそなたがいてくれたならば。

天主《デウス》よ。私は貴方《あなた》に勝ったぞ。万物を創《つく》りし全能なる天主《デウス》よ、貴方はさぞかし孤独であろう。淋《さび》しかろう。私は無力であったが、貴方にかすり傷すら付けることが出来なかったが、貴方が決して手にすることが適《かな》わぬものを手にしたのだ。嘲《あざけ》るがいい、天主《デウス》よ。私が手にしたものを馬鹿にするがいい。しかしこの手の中にあるものは私の宝石だ。何よりも価値のある大切な宝石だ。私を崇《あが》め、運命を共にするこの者達こそが、私の宝石なのだ。天主《デウス》よ、貴方には解るまい。この宝石の輝きと、価値が。哀れだな、天主《デウス》よ。

妙《たえ》なるオラショの調べの中で、私はゆっくりと眠るように意識を喪失していきました。

本作品はフィクションです。歴史上の出来事を題材にしていますが、人物の造形や呼称、個別の事件の設定等には、事実とは異なる部分が含まれます。

デウスの棄《す》て児《ご》　A Child Abandoned by Deus

二〇〇三年　七月　十日　初版第一刷発行

著者　嶽本野ばら

発行者　山本　章

発行所　株式会社小学館
〒一〇一－八〇〇一東京都千代田区一ツ橋二－三－一
電話　編集〇三－三二三〇－五一三四
制作〇三－三二三〇－五三三三
販売〇三－五二八一－三五五五
振替　〇〇一八〇－一－二〇〇

印刷所　文唱堂印刷株式会社

製本所　株式会社若林製本工場

＊造本にはじゅうぶん注意しておりますが、万一、落丁・乱丁などの不良品がありましたら、「制作局」あてにお送りください。送料小社負担にてお取り替えいたします。

　ISBN4-09-386121-8